KB069072

김종철 시인의 작품 세계 **01**

못의 사제, 김종철 시인

김 종 철
시 인 의
작품 세계
01

못의 사제, 김종철 시인

김재홍

문학수첩

김종철 시인의 작품 세계 제1권 발간에 즈음하여

김종철 시인이 우리 곁을 떠난 지 이제 6년이 되었다. 그럼에도 그가 여전히 우리 곁에 있다는 느낌을, 우리와 호흡을 함께하고 있다는 느낌을 떨칠 수 없다. 이는 우리 곁에 그의 시가 있기 때문이다. 김종철 시인은 우리네 평범한 사람들이 삶을 살아가는 동안 마주해야 하는 아픔과 슬픔을, 기쁨과 즐거움을, 부끄러움과 깨달음을 특유의 따뜻하고 살아 있는 시어로 노래함으로써 시의 본질을 구현한 시인으로, 우리 곁을 떠났지만 그는 시를 통해 여전히 우리 곁에 머물러 있는 것이다.

하지만 그가 우리 곁을 떠났다는 엄연한 사실을 어찌 끝까지 외면할 수 있으랴. 이를 외면할 수 없기에 그와 가깝게 지내던 몇몇 사람이 모여 '김종철 시인 기념 사업회'를 결성했고, 시인의 살아생전 창작 활동과 관련하여 나름의 정리 작업을 시도하자는 데 뜻을 모은 것이 오래전이다. 네 해 전에 가족의 도움을 받아 이숭원 교수가 주관하여 출간한『김종철 시 전집』(문학수첩, 2016)은 그와 같은 작업의 결실 가운데 하나다.

김종철 시인 기념 사업회는 여기서 그치지 않고 시인의 작품 세계에 대한 이제까지의 논의를 정리하는 작업과 함께 새로운 논의를 촉진하기 위한 시도를 병행하기로 뜻을 모았다. 그러한 작업의 일환으로 우선 이제까지 이어져 온 김종철 시인의 작품 세계에 대한 논의를 정리하여 매년 한 권씩 소책자 형태로 발간하기로 했다. 그리고 그런 작업의 첫 결실로 앞세우고자 하는 것이 김종철 시인과 둘도 없는 친구 사이였던 김재홍 교수의 김종철 시인 작품론 모음집이다.

김종철 시인의 작품 세계 발간 작업은 매년 시인의 기일에 맞춰 한 권씩 발간하는 형태로 진행될 것이다. 가능하면 김재홍 교수의 이번 저서와 같이 논자별로 논의를 모으는 형태로 이루어질 것이며, 필요에 따라 여러 논객의 글을 하나로 묶는 형태로도 진행될 것이다. 아울러, 새로운 비평적 안목을 통해 새롭게 시인의 작품을 읽고 평하는 작업을 장려

하는 일에도 최선을 다할 것이며, 이 같은 일이 결실을 맺을 때마다 이번에 시작하는 시리즈 발간 작업을 통해 선보이고자 한다.

많은 분들의 애정 어린 관심과 질책과 지도를 온 마음으로 기대한다.

2020년 5월 하순
김종철 기념 사업회의 이름으로
장경렬 씀

머리말

김종철론을 펴내며

사람은 가도 인정은 남는 것, 나에게 그가 꼭 그렇다.

김종철 시인이 이 땅을 떠난 지 어느덧 6년이라는 세월이 흘렀다. 그동안 나는 지상에서 여섯 살 더 나이를 먹어 어느새 70대 중반에 들어선 노인이 되었으며, 이제 그 나이에 어울리는 노인의 몸과 마음으로 하루하루 덧없이 이 세상을 살아가고 있다. 사랑도 가고 우정도 갔지만 추억은 남아 있는 것일까? 그러나 언젠가 이 추억도 흘러갈 것이고, 그 뒤에는 무엇이 남아 있게 될까? 허무 위의 그림자, 그뿐 아니겠는가. 모질고 질긴 우리의 인생도 다 허무의 그림자일 뿐이라는 생각이 새삼스럽게 다가오는 요즘이다.

그래서일까. 시간이 갈수록 떠나간 친구가 그리워진다. 새삼 그와 기울였던 한 잔의 맥주가 그립고, 그와 나누었던 치기 어린 포부와 못다 이룬 꿈이 아쉽기만 하다. 삶의 여울마다 문득문득 고개를 쳐들고 '나 여기 있노라' 불쑥 꿈속을 찾아오는 그대, 그래도 그대가 곁에 있어 주어서 나의 젊은 시절은 풍요로웠고, 좋은 시를 써 주어 그 세월 동안 많은 위로를 받았지. 그대가 못다 산 삶을 이어 살아가면서, 또 그대를 그리워하면서 나도 낡아 가고 있다오.

그동안 틈틈이 써 왔던 그대에 대한 글들을 묶으면서 머리말을 쓰려고 하니 그리움이 새삼 복받치고 그만큼 절실함으로 뒤채인다.

나의 사랑하는 벗 김종철 시인이여!

비록 짧은 지상에서의 우정일랑 마음속에 간직해 두고 영원 속에서 더 오랜 우리의 우정을 위해 단단하고 굳센 마음으로 내게 주어진 삶을 살아가려 하네. 그대 그곳에서 편히 쉬시길 바라네.

영원한 나의 벗, 김종철 시인이여!

2020년 6월
그대의 벗 김재홍

목차

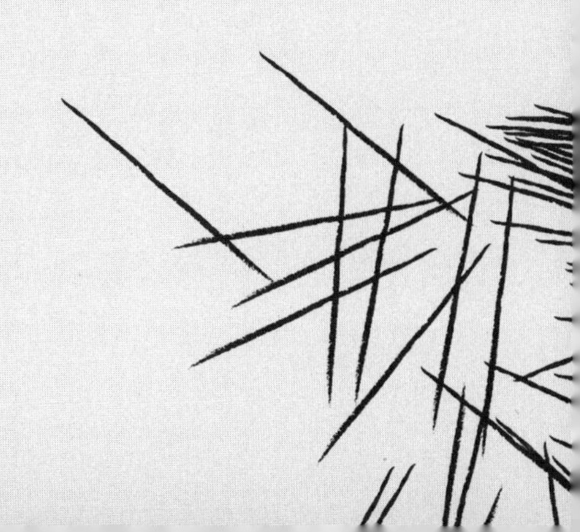

제1부

인간 김종철 시인과 그의 시 세계를 찾아서

내가 만난 김종철 시인

냉정과 열정 사이, 삶의 꽃이 피고 진다

1

김종철 시인, 그와 만난 지도 어느새 40년 세월을 헤아린다. 그 이름은 지금도 내게 문청 시절에 대한 아쉬움과 그리움을 떠오르게 하는 대명사이면서 오늘에도 여전히 내 작은 삶의 한가운데서 출렁이고 있는 오래되고 소중한 한 기표이기도 하다. 4·19 혁명과 5·16 군사정변이 뒤엉키는 저 춥고 배고프고 목마르던 1960년대 끝자락에서 우리는 만났다. 부산에서 올라온 그가 그 시절 한국일보 신춘문예에 막 당선한 신예 시인으로서 문명을 날리기 시작할 무렵이었다. 동아일보로 등단한 이가림 시인, 서울신문으로 등단한 전주의 박정만 시인, 그리고 그보다 몇 년 전 동아일보로 등단했던 김원호 시인, 이른바 신춘시 동인들과 어울리면서 그와 나는 조금씩 우정의 길트기를 시작한 것이다. 특히 나와 동년배인 김종철과 박정만은 가끔 명동 주변, 가령 '은성'이라든가 하는 대폿집 근처를 배회하면서 젊은 날의 객기와 취기를 꿈과 열정으로 뒤섞곤 했던 것으로 회상된다.

이 무렵 김 시인은 늘 내게 순수하고 아름다운 서정의 공간을 일깨워 주는 서정시의 한 대명사로 떠오르곤 했다. 사실 그 당시 춥고 배고프고 서럽기만 하던 문청 시절 방황과 고뇌의 길 끝에 서 있던 우리들에게 김 시인의 시에 등장하는 아내가 어디 있고 또 눈 내리는 아내의 나라가 과연 실재했었겠는가? 단지 그것은 삭막한 현실에서 갈망하는 한 꿈의 세계이고 유토피아의 표상이 아니었겠는가? 그러고 보면 그는 이미 그때에 매우 조숙해 있었고 아름다운 상상의 나라, 꿈의 나라를 가슴속에 마련해 놓고 있었던 것이 아닐까 싶다. 여하튼 그렇게 누군가를 그리워하고 눈이 오는 아내의 나라를 꿈꾸는 일만으로도 우리들은 어둡고 추운 젊음의 뒤안길에서 나름대로 따뜻하고 아름다운 겨울 속 봄의 이야기를 불씨로 지피고 있을 수 있었던 게 아닌가 생각되어 지금도 마음이 화안해져 옴을 느끼곤 한다.

2

그렇게 삶을 찾아, 현실의 소용돌이를 겪으면서 우리들의 젊은 날은 흘러갔고 우리들은 조금씩 세상의 난바다 속에서 겨우겨우 난파하지 않고 삶과 문단 말석에 자리를 잡아가기 시작했다. 그는 월남전에도 참전하는 등 험한 세상에서 온몸으로 살아남는 방법과 기술을 익히면서 그야말로 시인이라는 이력과 몸뚱어리 하나만 가지고 조금씩 세상 속으로 용감하게 진입하기 시작하였다.

그는 생활 전선에 뛰어들고 문단의 뱃전에 서성거리기도 하면서 생의 바다를 항해해 갔고, 나는 나대로 공부한답시고 대학 주변을 맴돌면서 지방 여기저기로 떠돌게 됨으로써 서로의 바쁘고 고달픈 젊은 날을 그런대로 헤쳐 가게 된 것이다.

그 후 그는 안양에서 사업을 벌이면서 나름대로 탄탄한 생활 기반을 쌓아 갔고 그 시절 한 번씩 들렀던 그곳에서 나는 이따금씩 그 유명한 안양해물탕 맛도 보고 멍멍탕도 끓여 가면서 세상 사는 일의 늪 속으로 우리는 점차 이끌려 들어가게 됐던 것이다.

그러던 어느 날 나는 오랜 지방 대학 시절을 마감하고 서울로 옮겨 정착하게 되었다. 그러면서 오랫동안 소망하던 문예지 발간, 즉 계간 『시와시학』을 무모하게 창간하게 되었고 우리는 청년 시절처럼 다시 자주 만나게 되었다. 그는 대치동 어디쯤 살면서 그동안 하던 사업을 접고 새로운 일을 모색하던 시기였기에 우리는 비교적 잘 의기투합하여 만나게 되었다.

어느새 시절은 질풍노도 1960년대 형극의 연대인 1970~1980년대를 거쳐 1990년대 목전에 이르러 있었고 우리 또한 40대에 접어들어서 가솔들에 대한 적잖은 부담감을 느끼던 그 무렵이기도 하였다. 그렇게 『시와시학』 사무실에 또한 그의 야간 일터에 서로 번갈아 우정 출연 하며 지내던 중 새 사업을 모색하던 그가 '도서출판 문학수첩'을 창사하게 되었고, 여기서부터 우리의 만남은 다시 청년 시절 우정의 꽃을 피워가게 됐던 것이다.

출판 사업을 하면서 그는 특유의 언변과 친화력 그리고 연마한 사업 노하우를 십분 발휘하면서 초창기부터 다크호스, 야생마로서의 기질과 재능을 유감없이 발휘하기 시작하였다. 낡고 오랜 것으로 인식되었던 『걸리버 여행기』를 새로이 번역 출간하여 화제를 불러일으키는가 하면, 백파 홍성유 작가의 『한국 맛있는 집 1234점』 시리즈, 오랜 동안 외교관 생활을 한 이동진 대사가 번역한 『숨겨진 성서』를 잇달아 발간하는 등 누구도 쉽게 생각하기 어려운 일들을 쾌도난마처럼 개성적이고 창의적으로 성사시켜 나아감으로써 나름대로 성공을 거두기 시작한 것이다. 실상 지금 다시 돌이켜 생각해 보면 말이 그렇지 40대 들어 늦게 시작한 노가다 출판 사업이 그에게는 얼마나 고단하고 힘들었을 것이며, 혼자 마른 눈물을 깨무는 외롭고 쓸쓸한 밤이 어디 한두 번뿐이었을까. 나 또한 초창기 계간지 발간 일에 쫓겨 그러했던 처지라 그 모습이 문득 내 모습인 듯 떠올라 눈시울이 시큰해지곤 하였다. 그러면서 무엇 하나 제대로 돕지 못했던 것이 지금도 마음에 걸린다.

그러나 지성이면 감천이라 했던가, 그러던 어느 날 그에게 행운의 여신이 활짝 미소를 띠며 다가왔다. 근년 출판 대박이라 일컬어지는 '해리 포터 신화'가 그에게 터진 것이다. 그로 인해 그는 10여 년 고생 끝에 일거에 성공한 출판인으로 떠오르게 되었고, 그의 인생에 대역전의 드라마가 펼쳐지게 된 것이다. 그러나 나는 믿는다. 그러한 행운은 이미 그가 오래전부터 준비해 온 나름대로의 고심참담 노력의 결과이고 고군분투 외로움의 대가이며 신神이 허여하신 따뜻한 격려이고 공물이었으리라는 것을 말이다.

3

가끔 나는 그에게 농담을 던진다. 아마도 당신 김 시인 말대로 했다면 나는 지금까지 수십 번 세계 여행을 다녀왔고 세계 방방곡곡 안 가 본 데가 없을 것이라고……. 그렇지만 그는 오늘날에도 여전히 한잔 기울여 얼큰해지면 또 이태리나 영국 어딘가로 함께 훌쩍 떠나기로 약조하기 시작한다.

그러나 그러면 어떠랴. 그런 꿈이 꼭 이루어지지 않는다 해도 적어도 우리가 함께 살아서 술 한 잔 따뜻하게 나누고 정답게 세계 여행 하는 꿈을 꾸는 것, 그런 소망을 간직하는 것만으로도 이미 우리 우정과 인생은 충분히 따뜻하고 충만한 것이 아니겠는가. 이 나이 들어서도 한잔하며 꿈꿀 수 있는 기회, 맘껏 즐거이 상상해 볼 수 있다는 사실과 그런 죽이 잘 맞는 친구를 한 사람쯤 갖고 있다는 사실만으로도 나는 이미 행복한 사람이 되기 때문이다.

그리고 또 한 가지 가끔 주변에서 우리를 잘 모르는 사람들이 하는 소리를 듣는다. 두 사람이 어떻게 그리 수십 년 세월 오랫동안 절친한 친구로 지내고 있냐고……. 하기야 그럴 것이다. 참을 수 없이 가벼워 보이는 김 시인과 견딜 수 없이 무거워 보이는 내가 어찌 그리 오랜 세월 우정을 변치 않고 환상의 콤비(?)로 지내 올 수 있었겠는가 말이다. 그러나 그분들은 잘 모르는 것 같다. 겉으로 보기엔 그렇지만 속으로는 우리가 그 정반대의 모습이기에 아무 갈등이나 큰 마찰 없이 잘 지내고 있다는 사실을 말이다. 흔히 유유상종類類相從이라고 하지 않던가? 설사 그렇다 해도 우리는 아마도 오랫동안 그런 환상의 콤비로서 지내는 걸 애써 고치려 하거나 조금도 후회하지 않고 있을 것이 분명하다. 어떤 결점이나 잘못이 있어도 우린 서로가 서로를 쉽게 떠나거나 결코 미워할 수 없으리라는 사실을 너무나 잘 알고 있기에 이미 그런 모습은 그나 나나 서로에게 하나의 운명의 일부가 돼 버린 것으로 여기고 있을 것이기 때문이다.

4

내가 김 시인을 바라보는 것은 세 가지 면에서 비롯된다. 첫째는 시인, 둘째는 출판인, 셋째 신앙인으로서의 모습이 그것이다.

무엇보다 먼저 그는 내게 오랜 세월 시인으로 각인돼 왔고 오늘날에도 여전히 시인의 모습으로 다가온다. 그는 1968년 시 「재봉」으로 등단한 이래 어언 40년, 올해까지 『서울의 유서』(한림출판사, 1975), 『오이도』(문학세계사, 1984), 『오늘이 그날이다』(청하, 1990), 『못에 관한 명상』(시와시학사, 1992), 『등신불』(문학수첩, 2001) 등의 시집을 출간하였다.

그의 시 세계를 초기, 중기, 후기, 그리고 앞으로 있을 만년 시로 구분해 볼 때, 초기 시들은 대체로 풍부한 상상력을 바탕으로 다양하고 섬세한 감각적 표현을 구사함으로써 시적 형상력이 돋보이는 경향을 지닌 것이 특징이라 하겠다. 말하자면 사상성·철학성 탐구보다는 서정성·예술성이 돋보이는 형국이었다는 뜻이다. 그만큼 시적 재질이 하나의 독자적인 풍경을 이루고 있었다 할 것이다.

사시사철 눈 오는 겨울의 은은한 베틀 소리가 들리는
아내의 나라에는
집집마다 아직 태어나지 않은 마을의 하늘과 아이들이 쉬고 있다
마른가지의 난동暖冬의 빨간 열매가 수실로 뜨이는
눈 나린 이 겨울날
나무들은 신神의 아내들이 짠 은빛의 털옷을 입고
저마다 깊은 내부의 겨울 바다로 한없이 잦아들고
아내가 뜨는 바늘귀의 고요의 가봉假縫,

—「재봉(裁縫)」 앞부분

아마도 그러리라, 젊은 날의 내면 풍경을 이처럼 아름다운 꿈의 상상력으로 펼쳐 간다는 일이 그리 쉬울 것인가? 이런 시들지 않는 꿈의 풍경, 사철 눈 오는 아내의 나라가 있고 태어나지 않은 하늘과 아이들이 남아 있기에 삶은, 인류 역사는 끝없이 이어져 내려갈 것이 아니겠는가.

중기 시는 대략 『오이도』와 『오늘이 그날이다』 등의 시 세계로서 고단한 현실을 살아가는 소시민의 애환을 노래하는 인생론적인 모습을 드러낸다.

아내는 외출하고
어린 두 딸과 잠시 빈방을 채우며 뒹굴다가
그들이 눈을 부치는 사이
적막 같은 비가 한줄기 쏟아진다
두 딸년의 잠든 눈썹 사이로 건너뛰는 빗줄기

—「아내는 외출하고」 부분

맨발로 한 남자가 줄타기를 합니다
사람들은 아슬아슬하여 눈을 가립니다
다음에는 자전거를 타고 건너갑니다
손에 땀을 쥐게 했지만 재미있었습니다

이어서 그는 자전거 위에다 짐까지 싣습니다

이제 우리는 그를 믿습니다

열렬한 박수와 환호로 우리는 좀 더

스릴 있는 곡예를 연출해 주길 바랐습니다

그다음에 그는

자전거의 짐 위에 사람을 태우겠다고 했습니다

자, 누가 오르겠습니까?

그를 믿고 열광했던 사람들은 침묵했고

아무도 나서지 않았습니다

어떤 이는 슬금슬금 뒷걸음질 쳤습니다

사는 일이 어찌 이와 다르겠습니까?

—「줄타기」 부분

그렇다. 그의 중기 시에는 어느새 지난날 눈이 오는 대신에 비가 내리고, 태어나지 않았던 아이가 두 딸로 현존하고 있는 것이다. 그만큼 그의 시편들에는 고단하고 서글픈 현실의 그림자와 그늘이 짙게 드리워져 있음을 본다. 말하자면 서정성이 현실성으로, 낭만성이 인생론적 관점으로 변화하면서 삶의 내질을 깊이 있게 탐구하고 있다는 뜻이다.

후기 시에는 종교성이랄까, 신앙적 탐구로서 형이상성이 제기되기 시작한다.

못을 뽑습니다
휘어진 못을 뽑는 것은
여간 어렵지 않습니다
못이 뽑혀져 나온 자리는
여간 흉하지 않습니다
오늘도 성당에서
아내와 함께 고백성사를 하였습니다
못 자국이 유난히 많은 남편의 가슴을
아내는 못 본 체하였습니다
나는 더욱 부끄러웠습니다
아직도 뽑아내지 않은 못 하나가
정말 어쩔 수 없이 숨겨 둔 못대가리 하나가
쏘옥 고개를 내밀었기 때문입니다

—「고백성사—못에 관한 명상 1」 전문

후기 시에서는 앞에서의 인생론적 탐구가 신성사神聖事적 지향성, 즉 영성靈性과 신성神性 지향성으로서 심화돼 가는 모습을 보여 준다. 그는 못 하나로서 인간 존재의 다양성과 삶의 총체성을 상징화하면서 온갖 종류, 각양각색 삶의 음영굴곡을 형상화한다. 인간 또는 삶의 등가물로서 못을 통해 자신의 생의 내면적 진실을 탐구하고 사회적 아픔을 보며, 역사의 고뇌와 더불어 신의 절대 고독을 읽어 내기 시작했다는 뜻이다. 이 점에서 시집 『못에 관한 명상』은 시로 쓴 그의 명상록이자 하나의 참회록에 해당한다고 하겠다.

이렇게 볼 때 그의 시는 서정성과 인생론, 그리고 종교성을 함께 어울러 내면서 전개돼 가는 특징을 보여 준다. 앞으로 어찌 전개돼 갈지 확언할 수는 없지만 그의 시는 대체로 생의 탐구라는 인생론적 내용을 대주제로 지속하면서 신성사로서 좀 더 확대·심화돼 가지 않을까 여겨진다.

5

그가 지닌 인간적 매력은 적어도 그와 함께 있는 시간만큼은 즐겁고 희망적일 수 있어서 좋다는 점이다. 그는 익살과 재치 있는 언변으로 사람과 좌중을 끌어당기는 힘이 있으며, 헤어진 뒤에도 그때 있었던 약속이나 말이 비록 그대로 실현되지 않는다 하더라도 그가 아주 밉거나 괘씸하지 않은 것이 특징이다. 말하자면 그만큼 인간적 친화력과 유머, 그리고 인간미가 넘쳐난다는 뜻이 되겠다. 그래서 남녀노소 많은 이들이 그와 쉽게 친숙해질 수 있고, 그래서 즐거운 마음을 지닐 수 있음을 나는 떠올리곤 한다. 돌아가신 정한모 시인이나 조병화 시인께서 그를 유달리 편안해하고 그의 인간미를 좋아한 것도 그러한 좋은 예가 된다고 하겠다.

그렇다고 해서 그가 어떤 완전한 인간 또는 이상적인 사람이라는 뜻은 아니다. 그는 지금도 끊임없이 변화해 가는 진행형 인물이고, 점차로 완성돼 갈 형성형 인간형에 해당한다. 따라서 다만 우리가 그에게 너무 많이 기대하거나 필요 이상으로 의지하려 한다면 때로 실망하게 되거나 심하게는 등 돌려 떠나갈 수도 있다는 점을 유의할 필요가 있다는 사실을 말해 두고 싶다. 그래서 나는 언제나 그와의 술자리 약속들은 '잘되면 좋고 아니면 말고'라는 그의 말투대로 언제나 편안한 거리 재기의 철학으로 무심한 듯 범연한 듯 지내는 것을 원칙으로 하고 있다. 그만큼 그와의 우정이 오래되고 풍상세월을 겪어 왔다는 뜻이 될 수 있으리라.

6

그를 생각하노라면 떠오르는 에피소드가 한두 가지가 아니다. 그러나 그만큼 사연들이 묶여지는 것은 한마디로 인연이라는 말로서이고, 그다음이 불연기연不然其然이라는 말로서이다.

선연선과善緣善果라는 옛말이 있었던가? 그와 나는 그러한 좋은 인연이 아닌가 한다. 우선 시인과 평론가라는 악어와 악어새로서의 공생관계가 그러하며, 얼키설키 맺어진 인연의 쇠사슬이 그러할 터이다. 연작 시집 『못에 관한 명상』이 바람직한 시인·평론가 관계의 한 모습이 아닌가 한다. 끊임없이 서로를 자극하고 비판하면서도 격려하고 보다 나은 길을 모색해 가려는 노력이 고백성사에서 시작되어 앞으로도 못의 사회학, 못의 역사, 못의 사제로 그의 시의 철물점을 계속 확대하고 심화시켜 감으로써 그가 그 방면에서 세계 최고의 마에스트로가 될 것을 나는 믿고 희망하기 때문이다.

생각해 보면 지금도 가슴 떨리는 기억 하나, 그가 지난날 사랑하는 첫 따님 은경 양의 혼례 주례를 내게 부탁한 것도 그러한 선연선과의 우정 때문이 아니었겠는가. 그때 그가 따님의 손을 잡고 들어오면서 긴장한 나머지 순간적으로 떠는 모습을 보면서 나는 또 왜 그리 그런 자리가 처음이 아니면서도 새삼 그렇게 떨리기만 하던지, 아마도 그와 그의 가솔들이 내 운명 속으로 걸어 들어오는 느낌 때문이 아니었는지, 순간 당황하던 기억이 지금도 미안하고 부끄럽지만 신선하게 다가온다.

불연기연이란 무엇이던가. '이면서 아니고, 아니면서 기'라는 동학의 한 인과율을 말하는 게 아니던가. 가끔 주변에서 '그가 너무 짜다, 냉정하다'는 얘기들을 듣곤 하지만 사실은 그가 너무 따뜻하기에, 그에 대한 기대가 너무 크기에 그런 말들이 나도는 것이 아닌가 생각한다. 그는 적어도 나와 내 주변에게는 언제나 고마운 친구, 소중한 친구이다. 연전에 돌아가신 나의 선친 병석에 누웠을 때 격려해 주었다거나, 내 딸아이가 공부하러 외국 갈 때 고마운 우정을 보여주고, 어떤 분이 뜻있는 일 하며 힘겨워 외로워할 때 존지로서 따뜻이 위로해 드렸다 하는 뜻에서만 그런 건 아니다. 무척 인색하다거나 냉정해 보이는 그이지만 그러한 마음 밑바탕에는 뜨거운 열정과 우정이 언제나 굽이치고 있음을 나는 느끼곤 하기 때문이다.

그렇다. 그는 필요 이상 뜨겁거나 헤픈 사람이 아니다. 그렇다고 생각보다 인색하거나 냉정한 그런 사람도 아니다. 언제나 그렇게 냉정과 열정, 그러함과 그러하지 않음을 넘나들면서 스스로 해야 할 것과 하지 말아야 할 것을 잘 살펴서 현명하게 대처해 가는 불연기연의 삶을 충실히 살아가려 노력하는 그런 사람인 것이다.

7

문득 되돌아보니 어느새 우리 서로 화갑을 넘기는 인생의 한 고비에 이르러 있다. 우리들에게는 살아 갈 날들이 살아 온 날보다 결코 길지 않음을, 아니 그보다 훨씬 짧을 수밖에 없음을 잘 알고 있다. 그러나 어쩌랴? 그도 나도 남은 시간들을 보다 금쪽같이 써 가야 이 세상 다하는 날 후회가 덜하지 않겠는가. 더구나 오래 간직한 우정에 있어서야 더욱 그렇지 않겠는가. 인생길에서 처음 더불어 시작한 우정도 소중한 것이지만, 마지막 지상의 그날까지 함께하는 아름다운 도반으로 동행할 친구야말로 더욱 고맙고 귀중한 사람이 아니겠는가 말이다.

그러면서 나는 확신한다. 그의 가슴속 깊이 자리 잡고 있는 가장 큰 미덕으로서 종교적인 경건함을 말이다. 내가 그를 내 아름다운 도반의 한 사람으로서 운명적 우정을 느낀 것은 바로 그러한 그의 신앙적인 경건성과 간절함이 그의 삶과 시에 우러나오는 모습을 확인한 그때부터라고……. 나는 감히 고백한다. 시집 『못에 관한 명상』에서도 그렇지만, 그가 성당에서 기도하는 간절한 한 모습을 보면 문득 숨겨진 그의 진실의 참 모습을 발견할 수 있으며, 경건성과 설렘을 떠올릴 수 있기 때문이라고 말이다. 그의 그런 모습을 생각하면 새삼 그와의 우정이 숙연해져 옴을 느끼곤 한다.

그렇다! 그것은 바로 지상에서의 우정이 하늘의 그것으로 더욱 이끌어 올려질 것을 소망하고 기대하는 마음 때문이라는 것을 나는 믿는다.

화갑을 맞이하여 새롭게 제2의 인생을 시작하는 김 시인과 가정의 앞날에 건강과 행복이 함께하길 진심으로 축원한다.

—출처: 『계간 문예』 통권 7호(2007년 봄호)

김종철 시인의 시 세계

못과 삶과 꿈의 시학

–김종철 문학 40년에 부쳐

머리말: 김종철 시사 40년에 부쳐

김종철 시인, 그는 1968년 시 「재봉」으로 한국일보 신춘문예로 등단한 후 첫 시집 『서울의 유서』(1975)로부터 2009년 올해 초 제7시집 『못의 귀향』에 이르기까지 40년 넘게 한국 서정시의 내질을 깊이 있게 천착해 온 중진 시인의 한 사람이다.

그는 지금까지 시집 『서울의 유서』를 시작으로 『오이도』(1984), 『오늘이 그날이다』(1990), 『못에 관한 명상』(1992), 『등신불 시편』(2001), 『어머니, 우리 어머니』(형제시집, 2005), 그리고 이번의 『못의 귀향』에 이르기까지 창작 시집 일곱 권을 통해서 풍부한 상상력과 서정성을 바탕으로 하면서 삶이란 무엇이고, 어떻게 사는 것이 가치 있고 바람직한 삶인가 하는 데 대한 집중적인 탐구를 전개해 온 성실하면서도 역량 있는 시인의 한 사람인 것이다.

김종철 시인의 삶은 대체로 세 가지 측면에서 전개돼 온 것으로 이해된다.

첫 번째는 40년 세월을 끊임없이 추구해 온 시인으로서의 길이다. 그는 등단 40년을 지내면서 오늘날에 이르러 다시 새로운 출발을 기약하고 있는 바, 지금까지의 각고 노력과 업적을 평가받아 정지용문학상, 남명문학상, 윤동주문학상 등을 수상하고 이번에 다시 가톨릭문학상을 수상함으로써 이 땅의 중진 시인으로서 확고한 위치와 의미를 확보하기에 이르렀다.

두 번째 그는 성공한 출판인으로서의 또 다른 면모를 지닌다. 그는 40대를 넘기며 뒤늦게 출판사 '문학수첩'을 설립하면서 새로운 출판 감각과 과감한 기획 및 승부 근성으로 출판인으로서 하나의 뚜렷한 위치를 차지하게 된다. 그는 세계적 베스트셀러인 『해리 포터』 시리즈를 번역 출판함으로써 출판계에 다크호스로 등장하게 되고, 그 여세를 몰아 계간 문예지 『문학수첩』을 창간하여 새로운 문학 운동의 힘찬 돌파구를 열어 가고 있는 중이다. 그야말로 지성이면 감천이라고 했던가? 40여 년 오랜 고생 끝에 참담한 고독과 시련을 이겨 내고 마침내는 시인으로서 꿈의 실현과 출판인으로서의 성공 신화라는 두 마리 토끼를 한꺼번에 잡게 된 것이다.

세 번째로 그는 신앙인으로서의 꾸준하고 진지한 정진을 통해 한 인간의 길이 무엇이며, 어떻게 사는 것이 과연 바람직한 것인가를 끊임없이 탐구하여 관심을 환기한다. 그의 삶과 문학은 가톨리시즘을 바탕으로 한 부단한 자기성찰 및 속죄와 참회의 길을 모색해 감으로써 보다 깊이 있는 삶, 바람직한 인간의 길을 향해 나아가고 있는 것으로 이해되기 때문이다. 중간자, 모순자로서의 죄 많은 인간의 길을 가면서 괴로움과 부끄러움, 그리고 속죄와 참회의 길을 통해 스스로 삶의 고양과 구원을 갈망하고 지향해 나아가고 있는 것이다.

이에 생애사 60여 년, 등단 40년을 열심히 또 진지하게 살아 온 김 시인의 기념 시 선집 『못과 삶과 꿈』을 축하하는 뜻으로 그의 시 세계를 조감해 보기로 한다.

첫 번째 풍경: 「재봉」과 낭만적 상상력을 위하여

김종철 시인의 40년 시 세계를 시기별로 일별해 볼 때 그의 시는 대략 네 시기로 나누어 볼 수 있으리라 생각한다. 초기 시, 중기 시, 지금 전개되고 있는 후기 시, 그리고 앞으로 전개돼 갈 말기 시의 네 구분이 바로 그것이다.

초기 시는 데뷔로부터 시집 『서울의 유서』에 이르는 1960~70년대 시편들로서 대략 신인 시절의 낭만적인 꿈과 우울의 시편들이라 요약해 볼 수 있다. 중기 시는 시집 『오이도』와 『오늘이 그날이다』 등 1970~80년대의 좌절과 모색 등이 펼쳐지는 인생론적 탐구의 시대가 그것이다. 데뷔기의 갈등과 방황을 거쳐 삶과 문학에 관한 자기성찰이 본격적으로 이루어지면서 전개되는 시기가 그에 해당한다. 후기 시는 다시 전기와 후기로 나누어 볼 수 있는데 1980년대 『못에 관한 명상』부터 2000년대 중반 『등신불 시편』에 이르는 전기와 이번 새로 시작되는 『못의 귀향』 및 지금 진행 중인 새로운 시집의 세계가 그에 해당되리라고 생각한다. 그리고 말기 시는 다시 미래의 일이므로 그것에 대한 언급은 유보하기로 한다.

그렇게 본다면 그의 시사는 지금 하나의 절정기이면서 또는 동시에 정리기에 접어들어 가면서 마지막 도달점을 향해 달려가는 새로운 출발점에 선 형국이라고 할 수 있겠다.

사시사철 눈 오는 겨울의 은은한 베틀 소리가 들리는
아내의 나라에는

집집마다 아직 태어나지 않은 마을의 하늘과 아이들이 쉬고 있다
마른가지의 난동暖冬의 빨간 열매가 수실로 뜨이는
눈 나린 이 겨울날
나무들은 신神의 아내들이 짠 은빛의 털옷을 입고
저마다 깊은 내부의 겨울 바다로 한없이 잦아들고
아내가 뜨는 바늘귀의 고요의 가봉假縫,

—「재봉(裁縫)」 앞부분

그의 문단 등장은 그야말로 화려하다고 아니할 수 없다. 약관 21세 되던 해에 한국일보 신춘문예에 이 시 「재봉」이 당선되고, 다시 2년 후 서울신문에 또 당선, 재등단하여 시인으로서의 재능과 역량을 유감없이 보여 줬기 때문이다. 그만큼 그는 시인으로서 천부적인 자질과 능력을 보여 줌으로써 시를 평생의 업으로 삼아 살아갈 운명의 십자가를 짊어지게 된 것이다. 이 시 「재봉」은 데뷔기 김 시인의 상상력과 서정의 내질을 유감없이 보여 주는 것으로 이해된다. 한마디로 말해 그의 시는 서정성을 바탕으로 하면서 낭만적인 상상력을 펼쳐 가는 예술적인 시의 한 전범을 보여 주는 것으로 받아들여지기 때문이다. 젊은 날 정신의 내면 풍경을 이토록 아름다운 서정과 꿈의 상상력으로 펼쳐 나아간다는 일이 과연 그

리 쉬울 것인가? "사시사철 눈 오는 겨울의 은은한 베틀 소리가 들리는 아내의 나라"와 "집집마다 아직 태어나지 않은 마을의 하늘과 아이들이 쉬고 있는" 풍경, 그리고 "마른 가지의 난동暖冬의 빨간 열매가 수실로 뜨이는/ 눈 나린 이 겨울날"과 "신의 아내들이 짠 은빛의 털옷을 입고"와 같은 공감각의 활용, 그리고 "저마다 깊은 내부의 겨울 바다로 잦아들고/ 아내가 뜨는 바늘귀의 고요한 가봉假縫"과 같은 내면에의 집중 및 현란한 수사는 20대 초의 청년 시인이 쓴 시로는 독보적인 개성을 보여 주는 것이 아닐 수 없기 때문이다.

그렇다. 이러한 시들지 않는 꿈의 풍경, 아내와 아가와 신神과 자연이 어울려 빚어내는 아름다운 상상력의 공간이 있기에 우리의 삶은, 인류의 역사는 이상적인 세계를 향해 나아갈 수 있을 것이 자명한 이치이다. 이러한 순수한 시심과 꿈이 있기에, 아름다운 시의 나라가 있기에 삶은 쉬 부패하지 않고 이상향을 향해 노 저어갈 수 있다는 뜻이 되겠다.

두 번째 풍경: 『오이도(烏耳島)』, 떠도는 섬 또는 고독과 허무의 시학

김종철의 제2시집 『오이도』는 섬으로 표상되는 단독자로서 인간의 모습을 묘파하고 있어 관심을 끈다. 여기서 '오이도'

는 서해안 어느 실재의 섬 이름이지만 동시에 떠도는 자로서 인간의 고독한 실존, 또는 불안한 존재상을 표상한다.

오이도는 신의 섬이 아닙니다
오이도는 까마귀의 섬도 아닙니다
이 섬의 팔뚝에는 큰 우두자국이 있습니다
이 섬의 어머니와 아버지는 다 얽으셨습니다
오이도는 사람의 섬입니다
오이도는 사람과 사람 사이에
숨어 사는 작은 몸입니다
늙어 가는 그대들 밖에서
울며 낳은 자식을 울음으로 찾고 있는
어머니가 보일 때
이 섬은 어디에서나 잘 보입니다
한 몸에 한 마음을 업어키우는
이 작은 섬을
그대들은 뭐라고 부르겠습니까
마음 밖 어디에 숨겨 버려도
그대의 아랫도리에 뻘을 묻히고
돌아오는 이 섬을

그대들은 왜냐고 왜냐고 묻지 않습니까

—「오이도 5—사람의 섬」 전문

섬이란 무엇이던가? 비유컨대 섬이란 육지에서 태어나 바다로 출가한 모습이기에 육지의 딸이요, 바다의 아들이라고 불러 볼 수도 있지 않겠는가. 섬은 원래 육지의 일부였지만 바닷물에 의해 분리되어 바다의 식구로 한세상 살아가기 때문이다. 그러니 섬은 바다 가운데 떠서 끊임없이 흔들리며 원래 고향인 육지를 그리워하기 마련인 까닭이다.

바로 여기에서 섬은 격리, 단절, 소외의 표상이기에 그것은 외로움과 그리움, 그리고 기다림과 흔들림의 상징성을 지닌다. 그래서 섬은 단독자로서 개인적 존재를 표상하며 실존의 외로움을 상징한다. 홀로 이 세상에 내어던져져서 여럿이 더불어 살아가다가 다시 혼자서 사라져 가는 존재이기에 그것은 인간의 바다에 떠 있는 섬의 모습과 너무도 닮아 있는 것이다.

결국 사람들은 누구나 다 섬이라고 할 수 있겠다. 인간의 바다에 떠서 격리와 단절, 소외와 외로움 속에서 사라져 가는 고독한 인간 실존의 표상이라는 뜻이 되겠다. 바로 이 점에서 이 「오이도」 연작 시편들은 실존의 고독과 허무의 존재로서 인간의 모습을 '섬'과 '까마귀'라는 존재 표상의 연결을 통해 묘파함으로써 존재의 본질과 현상을 파악해 보려고 노력한 역작이라고 할 수 있겠다.

세 번째 풍경: 「줄타기」와 삶의 어려움 또는 불안한 실존 꿰뚫어 보기

그런데 세 번째 시집 『오늘이 그날이다』에 이르면 오늘의 삶을 살아가는 어려움으로서 실존의 불안과 함께 존재의 본질에 대한 집중적인 탐구가 제시돼 있어 주목을 환기한다.

> 맨발로 한 남자가 줄타기를 합니다
> 사람들은 아슬아슬하여 눈을 가립니다
> 다음에는 자전거를 타고 건너갑니다
> 손에 땀을 쥐게 했지만 재미있었습니다
> 이어서 그는 자전거 위에다 짐까지 싣습니다
> 이제 우리는 믿습니다
> 열렬한 박수와 환호로 우리는 좀 더
> 스릴 있는 곡예를 연출해 주길 바랐습니다
> 그다음에 그는
> 자전거의 짐 위에 사람을 태우겠다고 했습니다

자, 누가 오르겠습니까?

그를 믿고 열광했던 사람들은 침묵했고

아무도 나서지 않았습니다

어떤 이는 슬금슬금 뒷걸음질 쳤습니다

사는 일이 어찌 이와 다르겠습니까?

당신의 믿음이 어찌 이와 다르겠습니까?

새벽 미사 때

줄타기 비유를 든 신부님도

맨발이었습니다

—「줄타기」 전문

사실 생각해 보면 가진 것 없이 알몸으로 태어나 험난한 생의 난바다에 내어던져져서 하루하루 살아 나아간다는 것은 마치 곡예사가 줄타기를 하는 것과 무엇이 다르겠는가? 그만큼 인간의 실존이란 불안과 위험에 언제나 노출돼 있는 모습이 아닐 수 없기 때문이다.

흔히 현대 사회의 특징을 자아와 세계 사이의 단절로서 불연속성과, 아무것도 믿을 수 없는 것으로서 불확실성을 꼽지 않던가? 이 시는 이러한 인간 실존의 불연속성과 불확실성을 날카롭고 섬세하게 묘파한 가작이 아닐 수 없다.

사실 객관적 입장에서 본다면 피조물로서 인간이란, 그 실존의 불안한 삶의 모습이란 마치 줄타기의 그것이 아닐 수 없다. 더구나 타인의 삶에서 영원히 타자일 수밖에 없는 관객의 처지에서 본다면 우리는 언제나 타자들에게서 스릴과 서스펜스를 기대하고 즐기려고 하는 것이 본능이고, 인지상정이기 마련이다. “자전거 위에다 짐까지 싣습니다/ 이제 우리는 믿습니다/ 열렬한 박수와 환호로 우리는 좀 더/ 스릴 있는 곡예를 연출해 주기를 바랐습니다”라는 구절이 그것이다.

그러나 결정적인 운명의 시점에 이르러 자기 자신이 그러한 위기의 상황에서 주인공이 될 양이면 아무도 앞에 나서려 하지 않는 게 또한 당연지사 아니겠는가? “그다음에 그는 짐 위에 사람을 태우겠다고 했습니다/ 자, 누가 오르겠습니까?/ 그를 믿고 열광했던 사람들은 침묵했고 아무도 나서지 않았습니다/ 어떤 이는 슬금슬금 뒷걸음을 쳤습니다”라는 구절 속에는 타인의 삶에 대해 영원히 관객일 수밖에 없는, 타자일 수밖에 없는 실존의 영원한 거리 또는 운명의 본질에 대한 깊이 있고 날카로운 통찰을 담고 있는 것이다.

네 번째 풍경:

「시간 여행」, 시간 속에서 달리기 또는 시간적 존재론의 탐구

그런데 주목할 것은 김종철의 시에서 인간 존재의 본질에 대한 지속적인 탐구가 꾸준히 전개된다는 점이다. 시집 『오늘이 그날이다』에서 시간의 존재론으로 확대되고 심화되는 양상을 보여 주고 있기 때문이다.

① 시간은 앞으로 갑니다
시간은 하나입니다
어저께 하나가 오늘 왔다가 내일로
뉘엿뉘엿 걸어갑니다
집들이 앞으로 나란히 나란히
걸어가고 나무가 앞으로 걸어가고 별이 앞으로
걸어가고 들개가 앞으로 걸어갑니다
…(중략)…
시간은 거꾸로 갑니다
시간은 여럿입니다
어저께 얼굴이 엊그저께를 뛰어넘고
엊그저께의 어깨가 빨갛게 부어오른 것이

보입니다 기차가 거꾸로 따라가고

가로수가 거꾸로 빠른 걸음질 하고

…(중략)…

나는 시간입니다

나는 스스로 쪼개지는 몸입니다

나의 몸은 하나 혹은 여럿으로 여러 번 부서집니다

그때마다 시간은 서로서로 나누어 나를 가졌습니다

…(중략)…

그런데 왜 당신은 가지도 않고 오지도 않는데

나는 가기 위해서 오고 또 왔기 때문에 가야 합니까

왜 오늘의 시계에는 바늘이 없는 까닭을 묻지 않습니까

—「시간여행 1-하나 혹은 여럿」

② 시간은 옷을 입지 않습니다

바람은 옷을 입지 않습니다

하늘에서 내려오는 하이얀 눈도

옷을 입지 않습니다

별님은 별님 그대로

해님은 해님 그대로

어둠은 어둠 그대로

옷을 입지 않습니다

만약에 이들에게 옷을 입힌다면

우리는 과거라는 옷, 현재라는 옷, 미래라는 옷을 입힙니다

…(중략)…

시간은 무엇입니까?

시간은 바보입니다

시간의 몸은 무엇으로 만들어졌습니까?

시간의 몸은 물, 불, 흙, 공기로 나뉘어져 있습니다

시간이 가는 곳은 어디입니까?

시간은 낮은 곳에서 높은 곳으로, 작은 것에서 큰 것으로

시간이 가장 잘 보이는 곳은 어디입니까?

그곳은 서울역과 고속버스 터미널입니다

…(중략)…

그러나 아무도 시간의 얼굴을 직접 본 사람을

우리는 아직 찾지 못했습니다

꿈의 시간 공장에서

하루하루 뜨여져 나오는 시간의 옷감을

사람들은 누구보다 더 많이 사기 위해서

어떤 이는 평생을 노래 부르고

어떤 이는 평생을 글만 쓰고

…(중략)…

어떤 이는 평생을 남만 헐뜯고

어떤 이는 평생을 죄를 용서 빌고

어떤 이는 평생을 고기를 잡고 살아갑니다

…(중략)…

그렇습니다 이제 우리도 시간을 보질 않게 됩니다

시간이 시간을 보지 않듯이

시간은 시간 속으로 흐르기 때문입니다

왜 시간이 옷을 입지 않는지

왜 바람이 옷을 입지 않는지

그것은 시간 여행을 떠난 자만이 알고 있습니다

자, 갑시다 우리의 시간 여행을

이곳에서도 차표를 끊고

시간을 기다리게 될 줄 누가 알겠습니까?

—「시간여행 · 2–시간을 찾아서」

③ 그렇다, 오늘이 그날이다

우리가 태어나고 죽고 슬퍼하고

눈물짓는 그날이다

사랑하고 기도하고 축복받는 그날이다

오늘이 어저께의 어깨를 뛰어넘고

내일의 문 앞에 당도했을 때

우리는 꿈만 꾸었었다

오늘이 그날임을 알지 못했다

…(중략)…

언제 우리가 오늘 이외의 다른 날을 살았더냐

어째서 없는 내일을 보려고 하였더냐

어제는 오늘의 껍질이요 내일은 오늘의 오늘이다

모든 것이 오늘 함께

팔짱을 끼고 걸어가는 것이 보이지 않느냐

오늘이 그날이다

—「오늘이 그날이다 1」

오늘이 그날이다

길이 아니면 가지 말고

한눈팔지 말고

한 귀로 흘리지 말고

침묵하라

오늘 우리의 손바닥 위에

이만큼, 요만큼, 저만큼 하며
기도하고 사랑하고 노래하는 것이
부끄럽고 부끄럽다

—「오늘이 그날이다 2」 부분

앞에서 우리는 인간 존재가 본질 면에서 섬으로서 고독과 허무의 존재이며 동시에 '줄타기'로서 불안과 흔들림의 실존을 살아갈 수밖에 없는 지상에 '내어던져진 존재'임을 살펴보았다. 그런데 인용한 위 시편들에는 여기에서 한 걸음 더 나아가 시간의 존재로서 운명 지워진 인간 존재, 아니 나아가서 모든 존재의 현상과 본질에 대한 집중적인 탐구가 제시돼 있어 관심을 환기하는 것이다.

①에서 삶이란, 인생이란 하나의 '시간 여행'으로 제시된다. 앞으로 앞으로만 시간의 캡슐을 타고 나아갈 수밖에 없는 생의 본질이 묘파된 것이다. "시간은 앞으로 갑니다// 시간은 거꾸로 갑니다// 나는 시간입니다"라는 구절들 속에는 과거와 현재 그리고 미래를 살아가는, 살아갈 수밖에 없는 운명적 존재로서 인간의 본질에 대한 통찰이 날카롭고 깊이 있게 제시돼 있는 것이다.

아울러 시 ②는 인간의 삶은 물론 삼라만상 나아가서 모든 우주의 시·공간을 지배하고 운행해 가는 원리가 바로 시간에 달려 있다는 시간적 존재론을 더욱 선명하게 보여 준다. "시간은 옷을 입지 않습니다// 시간의 몸은 물, 불, 흙, 공기로 나뉘어 있습니다// 시간이 가는 곳은 어디입니까?// 시간이 가장 잘 보이는 곳은 어디입니까// 꿈의 시간 공장에서/ 하루하루 뜨여져 나오는 시간의 옷감을/ 사람들은 더 많이 사기 위해서/ 어떤 이는 평생을 노래만 부르고…// 시간은 시간 속으로 흐르기 때문입니다"라는 구절 속에는 모든 인간 존재 또는 생명의 본질이 바로 시간과의 격투를 통해 자기의 존재를 드러내고 실존적인 생의 의미와 보람 그리고 가치를 창조해 나아가는 과정이라는 데 대한 탁월한 통찰을 제시하고 있는 것으로 판단되기 때문이다.

따라서 시 ③에서 "그렇다, 오늘이 그날이다/ 우리가 태어나고 죽고 슬퍼하고/ 눈물짓는 그날이다/ 사랑하고 기도하고 축복받는 그날이다/ 오늘이 어저께의 어깨를 뛰어넘고/ 내일의 문 앞에 당도했을 때/ 우리는 꿈만 꾸었었다/ 오늘이 그날이다// 언제 우리가 오늘 이외의 다른 날을 살았더냐"라는 핵심 구절은 바로 존재의 본질을 깊이 있게 들여다보는 '실존이 본질에 선행한다'라고 하는 사르트르의 시간 존재론을 통해 존재의 본질과 현상을 하나로 꿰뚫어 내는 탁월한 통찰력을 보여 준다는 점에서 주목된다.

하이데거가 말했던가? 신 중에서 가장 위대한 신은 시간의 신, 즉 '크로노스'라고……. 그만큼 모든 존재는, 우리 인간은, 아니 삼라만상은 물, 불, 흙, 공기라고 하는 4대 원소로 만들어져서, 즉 시간 속에서 태어나서 시간의 공간 위를 살아가다가 마침내 시간 밖으로 사라져가는 절대 고독, 절대 허무의 존재가 아닐 수 없다는 뜻이 되겠다.

따라서 "오늘이 그날이다/ 길이 아니면 가지 말고/ 한눈팔지 말고/ 한 귀로 흘리지 말고/ 침묵하라/ 오늘 우리의 손바닥 위에/ 이만큼, 요만큼, 저만큼 하며/ 기도하고 사랑하고 노래하는 것이/ 부끄럽고 부끄럽다"라는 결구 속에는 오늘의 삶을 충실하고 진실하게, 또 시간을 아껴 쓰며 사는 것이 지상에서 우리가 할 수 있는 유일한 일이라는 점을 강조하게 된다. 정의로운 양심의 길, 부끄러움이 없는 진실의 길을 가는 것이 인간이 시간을 누리고 극복하며 구원을 향해 나아가는 유일한 통로이자 방법이라는 데 대한 지혜로운 인식이 제시돼 있다는 점에서 이 시편들의 중요성이 드러난다고 하겠다.

다섯 번째 풍경: 「못에 관한 명상」, 또는 부끄러움과 잠언의 시

김종철의 시집 『못에 관한 명상』의 첫 작품인 시 「고백성사」는 시인 자신에게는 물론 이 땅 현대 시사에서도 의미 있는 작품이 아닐 수 없다. 그만큼 의미심장하면서도 잘 짜인 시로서 가히 명시의 반열에 꼽힐 수 있는 게 아닌가 한다.

> 못을 뽑습니다
> 휘어진 못을 뽑는 것은
> 여간 어렵지 않습니다
> 못이 뽑혀져 나온 자리는
> 여간 흉하지 않습니다
> 오늘도 성당에서
> 아내와 함께 고백성사를 하였습니다
> 못 자국이 유난히 많은 남편의 가슴을
> 아내는 못 본 체하였습니다
> 나는 더욱 부끄러웠습니다
> 아직도 뽑아내지 않은 못 하나가
> 정말 어쩔 수 없이 숨겨 둔 못대가리 하나가
> 쏘옥 고개를 내밀었기 때문입니다

—「고백성사」 전문

김종철 시사에서 이 작품은 하나의 절정이면서 획기적인 전환점에 해당한다. 절정이라 함은 내용적 무게나 깊이의 면에서뿐 아니라 형상성·예술성의 면에서도 수준 높은 완성도를 보여 준다는 점을 말한다. 또한 전환점이라 함은 김 시인이 비로소 '못'이라는 평생의 테마를 발견함으로써 못을 통해 자신의 삶을 반성적으로 사유하고 사회와 인류의 삶을 향해 나아가기 시작했다는 점을 의미한다.

못이란 무엇이던가? 김 시인의 시 세계에서 못은 첫째 손에 박히는 못 노동의 못이면서, 둘째 가슴에 박히는 상처로서 슬픔의 못이고, 셋째 남녀관계로서 성性 상징의 못이기도 하다. 넷째 사회·역사적으로 큰일을 하는 사회 · 역사적 못도 있으며, 다섯째로 예수 그리스도가 상징하는 수난·희생·순교로서 십자가의 못, 신성사神聖事의 못도 있다.

여기에서 김종철 '못' 연작시의 궁극적 의미가 드러난다. 그것은 세속사와 신성사의 갈등과 화해를 의미하면서 동시에 종교적 고양과 구원을 꿈꾸는 잠언적인 성격을 지니게 되는 까닭이다. 그러므로 그의 시는 끊임없이 죄를 짓고 그에 대해 뉘우치는 속죄의 시, 참회의 시로서의 성격을 지니며

이 점에서 부끄러움의 시, 괴로움의 시이자 깨달음의 시, 구원의 시가 될 수 있는 것이다. 그의 시가 지닌 최대의 장점은 시의 근본으로서 발견의 정신에 충실하면서도 그러한 발견과 형이상학적 깨침을 통합해 냄으로써 인간 존재의 근원과 본질을 밝혀내려는 잠언시의 성격을 지닌다는 점에 놓인다.

여섯 번째 풍경: 「청개구리」이야기, 삶의 등불 또는 어머니 콤플렉스

어머니 유해를 먼 바다에 뿌렸다

당신 생전에 물 맑고 경치 좋은 곳

산화처로 정해 주길 원했다

그런데 이게 어찌 된 일인가

비 오고 바람 불어 파도 높은 날

이토록 잠 못 이루는 나는 누구인가

저놈은 청개구리 같다고

평소 못마땅해하셨던 어머니가

어째서 나에게만 임종 보여주시고

마지막 눈물 거두게 하셨는지 모르지만

당신 유언대로 물명산을 찾았는데

오늘같이 비만 오면 제 어미 무덤 떠내려간다고

자지러지게 우는 청개구리가

이 밤 내 베개맡에 다 모였으니 이를 어쩌나

한 번만 더, 돼지발톱 어긋나듯

당신 뜻에 어긋났더라면

비 오고 바람 부는 날

이처럼 청개구리가 되어 울지 않아도 될 것을

—「청개구리–못에 관한 명상 35」 전문

김종철 시에서 엄마·어머니는 지속적으로 시 세계를 관류하는 소재이고 제재이자 주요 주제에 해당한다. 그의 삶의 시작이 엄마에서 비롯되어 어머니를 거쳐 어머님으로 전개돼 왔듯이 그의 시도 그러한 궤적을 그리며 전개된다. 김종철 어머니 시의 화두들을 모아 보면 그 내용들은 다음과 같이 요약된다.

생명 탄생의 시원, 육신과 정신의 고향, 어머니

쇠사슬보다 질긴 핏줄 인연, 어머니

허무 또는 운명의 십자가, 어머니

부끄러움과 사랑을 가르쳐 주는 영원한 스승, 어머니

어머니와 아내, 딸의 근원적 동일성

어미는 자식에게 길이고, 등불이니

에미·애비는 자식에게 영원한 채무자

자식 무덤은 바로 어머니 가슴에

갚을 길 없는 사랑의 빚, 어머니

세상의 바람막이 또는 고통 바다의 나룻배, 어머니

실존의 아픔과 슬픔 극복의 원동력, 어머니

대자연 또는 구원의 상징, 어머니

삶의 등불, 희망의 십자가, 어머니

어머니, 어머니, 꿈길로 오시는 어머님

어머니가 가르쳐 준 마지막 노래

인생은 슬픈 단막극, 목숨의 헛된 꿈

하늘 그물을 넘어서는 지고지순의 사랑, 어머니

목련꽃으로 다시 부활하는 어머니

해 뜨는 곳에서 해 지는 곳까지 어머니 나라

일곱 번째 풍경:

「등신불」, 무애행과 자유에의 길 또는 증도의 시, 구도의 시

시집 『못에 관한 명상』에 이어 간행된 시집 『등신불 시편』의 시들은 생의 본질과 현상에 대한 집중적인 탐구를 보여 주고 있어서 관심을 환기한다.

등신불을 보았다
살아서도 산 적 없고
죽어서도 죽은 적 없는 그를 만났다
그가 없는 빈 몸에
오늘은 떠돌이가 들어와
평생을 살다 간다

—「등신불—등신불 시편 1」 전문

등신불이란 무엇이던가? 말 그대로 그것은 몸 크기만 한 정도로 만들어진 불상을 말한다. 원래 기원적 의미에서 등신불이란 자기의 몸을 태워 마침내 성불한다는 이른바 소신공양을 모티브로 하여 존재의 근원에 대한 물음 또는 그것의 궁극적 형태로서 깨침의 완성을 갈망하는 구도행을 상징한다.

그러기에 이 시에서 삶이란 "살아서도 산 적 없고/ 죽어서도 죽은 적 없는 그"로서 제시된다. 말하자면 나고 죽음, 또는 생과 사가 하나라고 하는 이른바 생사일여生死一如의 깨침을 보여 준다는 뜻이다.

"누군가의 몸 하나를/ 큰 독 속에 넣고 밀봉한다/ 삼 년 후 열어보니 마치 살아 있는 듯/ 그대로 온전하다/ 등신불이다(「몸 하나-등신불 시편 3」)"라는 시에서 보듯이 이 '등신불' 화두는 끊임없는 구도행을 통해 마침내 해탈에 이르고자 하는 갈망과 염원을 반영한다. 달리 말해 '독'이라는 상징, 즉 육체의 굴레나 욕망의 감옥을 깨뜨리고 자유에의 길, 즉 해탈을 이루고자 하는 치열한 구도행을 펼쳐 보여 주고 있다는 뜻이다.

몸만 해도 하나의 감옥인데 다시 또 감옥으로서 독 안에 들어가 성불을 갈망하고 염원한다니….

이렇게 본다면 이 시는 몸과 독이 표상하는 인간의 굴레 또는 육신의 감옥을 뛰어 넘어 무애無碍로서 자유에의 길, 해탈에의 길을 향해 나아가고자 하는 구도의 시, 초월의 시로서의 성격을 지닌다고 하겠다.

그만큼 김종철의 시가 인간의 근원적 존재 형식 또는 본질에 대한 탐구를 시의 중심 테마로 삼고 있으며, 그러한 육체와 정신의 갈등으로서 몸과 마음의 변증법에 기초를 두고 있다는 점을 말해 주는 것이 된다고 하겠다. 아울러 무자無字 화두를 통해 김종철의 시가 인간의 양면성, 모순성을 발견하고 그 갈등과 대립을 극복해 나아감으로써 존재의 본질, '참 나'에 근접해 가고자 하는 구도의 시, 증도證道의 시로서 특성을 지닌다는 뜻이 됨은 물론이다.

여덟 번째 풍경: 「소녀경」, 구멍의 시학 또는 삶과 죽음의 변증법

시집 「등신불」에 독 깨뜨리기 또는 몸 넘어서기를 통한 무애행 또는 자유에의 길 지향성은 또 다른 화두인 「소녀경」, 즉 구멍의 철학으로 전환됨으로써 새로운 국면을 맞이하게 된다.

구멍 속에 들어갔다가 나올 때
우리들은 늘 죽어서 나온다
어떤 때는 반쯤 죽어서 나온다
그런 날에는 벼랑 아래 한없이 나가떨어지듯
코를 골며 잠만 잤다
어디 그뿐인가
세상의 참호 속에 들어갔다
나온 날에도
우리들은 반쯤 골병들어서 나왔다
어떤 자는 아예 죽어서 실려 나왔다

소녀경이 이르기를
구멍 속에 들어갔다 나올 때는
죽지 말고 꼭 살아서 나와야 된다고

당부하였다

죽어도 죽지 않고 사는 법

소녀경이 내 나이 오십을 가르쳤다

—「구멍에 대하여–소녀경 시편 2」 전문

이른바 '소녀경'이란 무엇이던가? 그것은 지난 시대 황제와 그 몸시중을 드는 여성으로서 소녀素女와의 사이에서 전개된 온갖 성합性合 체험과 이것을 집성한 중국 전래의 방중술 비법 책이 아니던가.

그렇다면 '못'의 시학이 왜 갑자기 '구멍'의 시학으로 전환되었는가? 한마디로 그것은 못의 남성성과 대응되는 구멍의 여성성을 제시하고자 의도하기 때문인 것으로 해석된다. 성전聖典으로의 경전經典이 아니라 성경性經으로서 인간의 본질 또는 삶의 근원적 형식을 탐구하려는 의도를 담고 있는 것이라고 하겠으니, 말하자면 '못과 구멍' 또는 남성과 여성의 대응을 통해 육신의 존재, 욕망의 존재로서 인간과 삶의 본성을 꿰뚫어 내보고자 하는 의도를 담고 있다는 뜻이다.

따라서 구멍의 시학은 대략 네 가지의 상징성을 드러내는 것으로 이해된다. 첫째 그것은 성性 상징이다. 남녀 간의 성합을 제시한다는 뜻이다. 둘째 그것은 세상살이가 '들어가고 나

오고' 하는 출근과 퇴근, 입사와 퇴사로서 이루어지고 전개된다는 사회사적 원리를 표상한다. 셋째 그것은 '태어나고 죽는 것'으로서 인생의 원리, 생명의 원리를 반영한다. 넷째로 그것은 생성되면 언젠가는 소멸하고, 소멸했다가 생성되는 사물의 구성 원리와 운행 법칙으로 귀결된다.

이렇게 본다면 이 '소녀경 시편'들의 구멍의 시학은 못과 상대적·상보적 관계에서 "구멍 속에 들어갔다 나올 때는/ 죽지 말고 꼭 살아서 나와야 된다고// 죽어도 죽지 않고 사는 법"이라는 삶과 죽음의 변증법을 통해 온갖 구멍 또는 구덩이에 빠져 신음하는 인간 존재의 원상과 본질을 통찰해 내면서 인간이란 무엇인가, 무엇이 바람직하고 가치 있는 인간의 길인가를 천착하고 있는 하나의 상징체계임을 알 수 있게 된다.

아홉 번째 풍경: 「못의 귀향」, 지상의 척도, 천상의 척도

최근 간행된 시집 『못의 귀향』은 그의 시가 하나의 정리기에 접어들면서 다시 출발하는 새로운 시작의 시라는 점에서 관심을 환기한다.

이제야 알 것 같습니다

아무짝 쓸모없는 놈이라고

손가락질 받았던

개구쟁이 어린 시절

버림받은 귀퉁이돌보다

더 모질고 더 하찮았던,

그리하여

환갑 진갑 지나는

순례의 첫 밤

그 첫날밤의 꼭두새벽

두 딸년이 마련해 준 여비로

일생의 꿈 마무리하듯 기도하다가

손에 불 덴 아이처럼 쩔쩔매는

노인네를 보게 되었는데

그 굽은 못대가리가

바로 나였다니!

떠벌리고 우쭐거렸던 저놈,

게 눈 감추듯 딴전 부리는 저놈,

교활하게 둘러대고 허세 부리는 저놈,

꼬깃꼬깃 쌈짓돈 감추듯 드러내지 않는 저놈

주여! 오늘밤 모조리 불러다가 몽둥이로 패 주소서
태중에 조선간장 먹고도 잘도 버텼던
새까만 개똥밭에 그놈이
환갑 진갑 다 지나는 꼭두새벽
오, 이제는 제법 여러 놈까지 데불고 나타났습니다

—「개똥밭을 뒹굴며–순례 시편 5」 전문

생의 한 절정으로서 환갑·진갑을 지낸 후 펴낸 이 시집에는 '초또 시편' 등 과거 지향의 귀향 시편들을 통해 오늘의 삶을 비춰 보고 다시 앞날을 새로이 예감하고 가늠해 보는 내용들이 담겨 있어 관심을 환기한다. 다시 말해 귀향이라는 고향 회귀, 즉 과거의 삶으로 회귀하면서 그때의 삶의 온갖 표정들을 반추하면서 그 속에서 삶의 어려움과 고달픔 그리고 세상으로부터의 소외감과 박탈감을 돌이켜 본다. 그러면서 귀향은 자연스레 오늘의 삶으로 삼투되면서 오늘날에도 여전히 지상에서의 삶이 고달프고 힘든 것이라는 인식을 제시하게 된다. "그리하여/ 환갑 진갑 지나는/ 순례의 첫 밤/ 그 첫날밤의 꼭두새벽/ 두 딸년이 마련해 준 여비로/ 일생의 꿈 마무리하듯 기도하다가/ 손에 불 덴 아이처럼 쩔쩔매는/ 노인네를 보게 되었는데"라는 구절 속에는 지상에서의 삶, 육체적인 삶이 얼마나 힘들고 고단한 것인가를 담고 있다고 하겠다.

그러면서도 "주여! 오늘 밤 모조리 불러다가 몽둥이로 패주소서"와 같은 참회와 통한을 제시하는 한편 "태중에 조선간장 먹고도 잘 버텼던/ 새까만 개똥밭의 그놈이/ 환갑 진갑 지나는 꼭두새벽/ 오, 이제는 제법 여러 놈까지 데불고 나타났습니다"라는 구절처럼 지난날의 온갖 미망과 혼돈, 역경과 수난을 겪고 난 다음 나름대로 생의 성취와 상승을 이루어 낸 소회를 드러냄으로써 새로운 국면으로 나아가게 된다. 말하자면 지상의 척도에서 '주여!'가 상징하는 하늘의 척도로 상승해 가고자 하는 염원과 갈망을 드러내게 된 것이다. 따라서 『못의 귀향』이란 그것이 과거 지향의 시가 아니라 오히려 과거라는 거울로 오늘의 삶과 시를 비춰 보고자 하는 계시적 갈망의 표출이며 동시에 앞으로 남은 날을 마지막까지 의미 있고 가치 있게 살고 싶다는 갈망과 기구를 표현한 것이라는 점을 확인하게 된다.

열 번째 풍경: 김종철 시법, 해학과 아이러니의 시학

끝으로 우리는 김종철 시의 방법론적 특성을 살펴볼 필요가 있을 것이다.

훈련병 시절 차렷, 식사 개시! 하면
빡빡 깎은 중머리 장정들이
감사히 먹겠습니다! 목 터져라
복창하고 식사를 합니다
어떤 친구는 그것도 부족해
한동안 눈 감았다가 수저를 듭니다

어쩌다 술집 들르면 술김에 여자가 먹고 싶은데
그놈의 십계명이 목가시처럼 걸려 우물쭈물할 때 있습니다
이를 보고 누가 속삭였습니다
그까짓 것, 눈 딱 감고 감사히 먹겠습니다
복창하면 되지 않느냐고
그래그래 감사기도 있으면
너와 나, 하나 될 수 있으리니!

그래도 한동안 눈 감았다 수저 드는 그 친구가
요즘도 왜 그렇게 가까이서 보이는지 모르겠습니다

—「감사기도–못에 관한 명상 60」 전문

그렇다면 김종철 시학의 시적 기법, 즉 방법론적 특성을 어디에서 찾아볼 수 있을 것인가? 한마디로 그것을 우리는 역설과 아이러니, 그리고 풍자와 해학으로 요약해 볼 수 있지 않을까 한다.

인용 시에서도 그것은 여실하게 드러난다. 밥을 먹는 행위와 성적 욕구를 함께 연결하면서 식食과 성性으로서 생의 현상과 본성을 아이러니로서 꿰뚫어 보는 동시에 해학과 골계로서 그것을 마무리함으로써 시적 긴장력을 유발하고 시를 읽는 재미를 부가시키고 있기 때문이다. 세속과 신성의 갈등을 드러내면서도 그것을 역설과 아이러니 그리고 해학과 풍자로 표현해 내는 솜씨는 김종철 특유의 시법이 아닐 수 없다는 뜻이다. 아울러 솔직함과 능청스러움, 그리고 뒤집어 보기와 시치미 떼기 수법을 넘나들면서 빚어내는 부끄러움과 솔직함의 미학은 우리 시사에서 매우 독특한 풍경이 아닐 수 없다고 하겠다. "어쩌다 술집 들르면 술김에 여자가 먹고 싶은데/ 그놈의 십계명이 목가시처럼 걸려 우물쭈물할 때 있습니다/ 이를 보고 누가 속삭였습니다/ 그까짓 것, 눈 딱 감고 감사히 먹겠습니다/ 복창하면 되지 않겠느냐고/ 그래 감사기도 있으면/ 너와 나, 하나 될 수 있으리니!"라는 구절 속에서 이러한 김종철 특유의 시적 특성과 창작 방법론이 잘 드러나 있음을 확인할 수 있다.

맺음말: 김종철 시학, 열린 지평을 향하여

결국 시집 『못의 귀향』이란 그의 시가 못의 시학, 즉 못의 상징을 중심으로 전개돼 왔고 앞으로도 그렇게 전개돼 갈 것이라는 염원과 소망을 담고 있는 모습이라고 하겠다. 이 점에서 시인에게 못의 귀향이란 못의 회향을 의미한다. 결국 못의 귀향은 유소년의 고향으로 돌아가는 일이며 동시에 오늘의 현실로 돌아오는 일이고 나아가서 진정한 나, 참 나로서 살아가고자 하는 열망의 반영이라는 뜻이다.

이러한 열망은 생의 양극성, 모순성에 대한 통합적 인식으로 하나의 절정을 향해 치달아 가게 된다.

나는 망치다!
순간
앞이 캄캄해졌다
머리통이 박살 났다
숨 가쁘게 오른 고산에서
비로소 만날 수 있는

박살 난

못과 망치꽃

—「망치꽃」 전문

박히는 못이 그것을 때려 박는 망치를 바라보는 순간 삶은 하나의 깨침으로 즉, 오도悟道의 세계로 전환된다. 육신의 상징으로서 못이 망치에 정수리를 맞음으로써 "비로소 만날 수 있는 박살 난 망치꽃"을 발견하는 그 순간 육체적인 삶이 정신의 삶, 영성의 삶으로 전환하게 된다는 뜻이다.

바로 이 지점에서 김종철의 시사는 새로운 국면으로 접어들게 될 것이 자명한 이치이다. 이제 그의 시는 못과 망치에 매달려만 있어서는 안 된다. 실재의 못과 망치를 버림으로써, 뛰어 넘음으로써 더 높고 넓은 정신의 세계, 영성의 세계를 돌아보아야만 한다는 뜻이다. 못의 화두는 '나'의 테두리, 소아小我의 세계에서 벗어나 '더 큰 나'로서 우리의 세계, 보편성과 인류사적 차원으로 지평을 열어 가야만 한다는 뜻이다. 그것은 못의 사회적 지평으로 나아갈 수도 있을 것이고, 역사적 지평으로 확대돼 갈 수도 있으며 나아가서 신성사의 세계, 영성의 세계로 더욱 심화돼 갈 수도 있을 것이 분명하다.

등단 40년을 통과하면서 상재한 시집 『못의 귀향』과 이번 새로이 펴내는 시 선집이 그 획기적인 전환의 계기가 될 것이 분명하다.

—출처: 김종철 시선집, 『못과 삶과 꿈』(2009)

제2부

김종철 시인의 시집과 작품 속으로

「못에 관한 명상」 작품론

참회와 명상

머리말

감히 누구도 꿈꾸지 못했던 독자적인 시적 풍경을 선보인 작품 「재봉裁縫」으로 1968년 데뷔한 이래, 김종철 시인은 25년 동안 꾸준히 자신의 영역을 개척해 온 역량 있는 중견 시인의 한 사람이다. 그는 시집 『서울의 유서』, 『오이도』, 『오늘이 그날이다』 등을 통해서 상상력의 아름다움을 추구하는 가운데 삶의 본원적인 슬픔과 쓸쓸함을 노래하면서 사회와 문명에 대한 풍자를 펼쳐 왔다. 그러던 차, 근년에 들어서는 '못'에 관한 연작시를 집중적으로 발표함으로써 다시금 주목을 환기하기 시작했다. 말하자면 못을 통하여 인간과 신의 상호

교섭 속에서 내면적인 삶을 비춰 보면서 실존적인 아픔을 형상화하고 사회적 삶의 모습과 역사적인 존재론을 탐구하기 시작한 것으로 보인다. 이에 시인의 지난 사반세기 시작 생활의 한 결산이자 새로운 출발로서 펴내는 시집 『못에 관한 명상』의 시 세계를 간략히 살펴보기로 한다.

1. 사람 사는 일, 못 박고 박히며 빼는 일이여

연작 시집 『못에 관한 명상』에서 핵심을 이루는 것은 못의 상징성이다. 시집에서 못은 소재이며 제재이고, 동시에 주제를 형성하고 있기 때문이다.

오늘도 못질을 합니다
흔들리지 않게 삐걱거리지 않게
세상의 무릎에 강한 못을 박습니다
부드럽고 어린 떡잎의 세상에도
작은 못을 다닥다닥 박습니다
그러나 익숙지 않은 당신들은
서로 빗나가기만 합니다
이내 허리가 굽어지기도 합니다

그때마다 굽어진 우리의 머리 위로

낯선 유성이 길게 흐르는 것이 보였습니다

—「오늘도 못질을 합니다–못에 관한 명상 2」 전문

이 시에서 보듯이 못질이란 바로 세상 살아가는 일을 암유한다. 세상을 살아가는 일이란 "흔들리지 않게 삐걱거리지 않게/ 세상의 무릎에 강한 못을 박습니다/ 부드럽고 어린 떡잎의 세상에도/ 작은 못을 다닥다닥 박습니다"라는 구절처럼 온갖 종류의 못을 그 쓰임새에 맞게 박으며 살아가는 일로 비유되어 있는 것이다. 못이란 무엇이던가? 실제적인 도구로서 못은 사물과 사물을 연결하거나 고정시키는 기능을 수행한다. 그러기에 못은 그 생김새부터 각양각색일 수밖에 없으며, 그러기에 그 쓰임새 또한 다양하게 마련이다.

못은 그 생김새의 면에서 대못·중못·소못이라는 일반적 구분에서 시작하여, 나사못·핀못·나무못·콘크리트못·압침·클립 등 기능적인 쓰임새에 이르기까지 다양하다. 또한 존재 양태의 면에서도 구부러진 못·부러진 못·녹슨 못·삭은 못·기름칠한 못·색깔 있는 못 등과 같이 여러 모습을 지닌다. 마치 사람들이 그러하듯이 못은 각양각색의 생김새와 존재 방식 그리고 천차만별의 쓰임새를 지니고 있는 것이다.

이렇게 본다면 우리는 이러한 못의 다양한 생김새와 쓰임새가 바로 인간 존재의 다양성을 암유하는 동시에, 못질하는 일로써 인간이 살아가는 일을 총체적으로 상징화하고 있음을 짐작하게 된다. 인간이 살아가는 일이란 이처럼 여러 종류의 못들이 서로 어울려서 각기 나름대로의 생김새와 개성으로 각양각색의 기능과 역할을 수행하면서 세상을 이루어 나가는 것과 같은 이치를 지닌다는 뜻이다. 그러므로 세상 사는 일이란 어떤 종류의 못이든 끊임없이 박고 박히고 빼는 일로서 암유화된다. 말하자면 도구로서의 못, 재료로서의 실제의 못은 인간이 살아가면서 겪을 수밖에 없는 노동의 고달픔을 은유하기도 한다. 아울러 그것은 온갖 종류의 유형 · 무형의 고난과 시련, 한恨과 슬픔, 죄와 벌, 운명과 자유, 구속과 해방을 표상하는 상징의 못, 은유의 못으로서 포괄성까지도 내포하게 된다.

따라서 이 시집에서 못이란 하나하나 존재로서 즉, 단독자로서의 운명의 모습을 표상한다. 어떤 형상으로든지 이 세상에 내던져진 존재로서 인간은 실존적 층위 또는 운명성을 지닐 수밖에 없음을 암유한다고 하겠다. 그러면서도 못은 다른 못과 어울려 하나의 상관관계를 형성한다. 못의 상관관계와 그 상대적 쓰임새를 못의 사회학 또는 못의 사회적 층위라고 말할 수는 없을 것인가? 사실 인간관계란 아니, 인간 사회란 온갖 종류의 못들이 서로 얽혀 박혀 있는 거대한 못의 연쇄 또는 건축인지도 모른다. 그만큼 한 사회란 각양각색의 못이 천차만별 고유 기능과 역할을 하도록 짜여 있다는 뜻이다. 아울러 못은 그 장구한 인류사회, 문명의 발달과정 속에서 끊임없이 변모하여 왔다. 못은 사회성과 함께 역사성을 지닌다는 말이다. 실상 모든 인간은 역사에 어떤 종류의 못이든지 하나씩을 박으면서 살아 왔다고 할 것이다. 긴 역사 속에서 비록 일회적인 것이라고 할 수도 있겠지만 어떤 이는 커다란 대못을, 어떤 이는 작지만 아름다운 아기못을 박으며 한 번뿐인 목숨, 일회적 인생一回的 人生을 살다 갔다는 뜻이다. 이 점에서 못은 상징적인 면에서 인간과 등가를 이룬다.

그런가 하면 못은 신성사神聖事적 층위와도 연결되어 주목을 환기한다. 그것은 지금으로부터 2000여 년 전 십자가에 매달려 못 박혀 죽은 예수 그리스도의 신성사적 체험과 연관된다. 그러기에 못은 성서와 관련된 신성 체험, 원죄 의식, 순교와 박해, 속죄와 참회, 죄와 벌, 용서와 구원 등의 문제에 걸쳐 폭넓은 상징성을 지닌다. 못은 신성사적 층위를 포괄하기도 한다는 뜻이다. 특히, 못은 인간의 본원적 속성으로서 육신과 영혼, 정신과 물질, 본능과 이성이라는 모순되는 양 측면과 관련되면서 성性 상징 또는 원죄 의식을 내포하기도 한다. 말하자면 신성사와 세속사가 얽히면서 갈등하고 화해하는 모습이 또 하나의 층위로서 제시되어 관심을 환기하는 것이다.

이 점에서 연작 시집 『못에 관한 명상』은 못 또는 못질하는 일로써 인간의 삶을 총체적으로 비유하면서 개인적·실존적 층위, 사회적·역사적 층위, 신성사적 층위를 포괄적으로 형상화하려 하고 있다는 점에서 의미를 지닌다고 하겠다.

2. 손에, 가슴에 박혀 있는 시퍼런 못 하나!

못은 먼저 삶의 실존적 층위 또는 존재론적 층위로서 나타난다. 하루하루를 살아가는 실제적인 삶의 노동 행위 또는 내성의 모습으로 나타나기 때문이다.

마흔다섯 아침 불현듯 보이는 게 있어 보니
어디 하나 성한 곳 없이 못들이 박혀 있었다
깜짝 놀라 손을 펴 보니
아직도 시퍼런 못 하나 남아 있었다
아, 내 사는 법이 못 박는 일뿐이었다니!

—「사는 법—못에 관한 명상 6」 전문

대저 삶이란 무엇이던가? 그것은 하루하루가 못 박는 일에서 시작하여 못 빼는 일로 이어진다. 못 박는 일이란 또 무엇인가? 그것은 새로 시작하는 일, 무엇인가를 만드는 일, 인연을 짓는 일로부터 시작된다. 물건 만들기, 집 짓기와 같은 노동의 의미를 내포하기도 하지만 사람과 사람이 관계하는 일, 관계 지워지는 일을 뜻하기도 한다. 우리는 손에 못이 박일 정도로 어떤 일에 몰두하면서도 노동하기도 하지만, 어딘가에 관계하면서 뜻하게 또 뜻하지 아니하게 누군가의 가슴에 못을 박거나 또 박히기도 한다. 때로는 못을 뽑거나 뽑히면서 일상을 살아가기도 한다. 말하자면 사는 일이란 실제적인 면에서나 상징적인 면에서도 늘 못 박고 못 박히고 못 빼는 일로서 암유화될 수 있는 것이다. 날마다 우리는 못을 박고 빼듯이 뜻을 세우기도 하고 죄罪의 씨앗을 심기도 하며, 또 상처받기도 하고 상처를 주기도 하며 반성과 속죄를 하기도 한다는 뜻이다. 그러기에 인용 시에서도 "마흔다섯 아침 불현듯 보이는 게 있어 보니/ 어디 하나 성한 곳 없이 못들이 박혀 있었다/ ……/ 아, 내 사는 법이 못 박는 일뿐이었다니!" 처럼 사는 일이 못 박는 일, 못 박히는 일로 상징화돼 있다. 그만큼 산다는 일이 아픔과 슬픔, 고통과 시련으로 점철된다는 뜻이리라. "나는 못으로 기도한다/ 못 박는 일에서부터 못 뽑는 일까지/ 못이 하는 일을 순례하는 동안/ 당신 외에는 누구에게도 들키지 않았다/ 그런데 저 눈물의 골짜기에/ 이제 비로소 못이 된 유다가 보였다/ 유다는 못이었다/ 그래그래 밤마다 굶주린 내 머리 위에/ 떨어지는 폭포가 바로 너였구나!/ 내가 못 속에서 너를 찾을 수 있다니!"(「눈물 골짜기-못에 관한 명상 7」 전문)와 같이 사는 일은 못 박고 못 빼는 일이며, 그러기에 그것은 삶의 진실과 연결된다. "저 눈물의 골짜기에/ 비로소 못이 된 유다"라는 진술 속에는 살아가는 일로서의 고달픔과 슬픔, 죄와 벌이 마침내 속죄와 참회를 통해 진실미를 획득하는 순간의 뼈아픈 모습이 담겨져 있다. 어느 면에서는 태어나는 일, 살아가는 일 자체가 하나의 죄업일 수 있다는 기독교적 세계관의 한 반영일 수도 있겠다.

매형은 목수 일을 삼십 년 가까이 해왔다
매형이 요셉을 닮은 것은
구레나룻 수염이 아니고
나무 다루는 기술이 아니고
다만 그가 지은 집에서는
한 번도 살아 보지 못했기 때문이다
집이 완성되면 또 다른 집을 지어야 하기 때문에

요셉이 그날을 가장 슬퍼하듯이
매형은 그날 깡소주를 가장 많이 마신다

매형은 자식을 위해서
집 한 채 짓는 것이 소원이었다
비가 오나 눈이 오나 바람이 부나
튼튼히 땅 붙들고 있는 지상의 집 한 채를

오늘도 요셉은
재개발지역 혹은 달동네 어느 곳에서
그때 그 어린 예수가 지은 작은 집을 그리며
대팻날을 퍼렇게 세우고 있다
목수의 아들인 그 청년은
이 겨울날 일자리 없어 소주잔을 비우는데도

—「매형 요셉—못에 관한 명상 29」 전문

이 시는 사는 일을 집 짓는 일로 상징화하고 있다. 그만큼 사는 일이란 노동하는 일로서 어렵고도 고통스러운 일이라는 뜻이 담겨 있다고 하겠다. 그렇지만 더 중요한 것은 "다만 그가 지은 집에서는/ 한 번도 살아 보지 못했기 때문이다/

집이 완성되면 또 다른 집을 지어야 하기 때문에/ 요셉이 그 날을 가장 슬퍼하듯이/ 매형은 그날 깡소주를 가장 많이 마신다"라는 시구에서 첨예하게 드러난다. 그것은 사용 가치로서가 아니라 교환 가치를 위한 노동 속에 한평생을 살아가야 하는, 살아갈 수밖에 없는 가난한 삶, 소외된 삶에 초점이 놓인다. 몸 하나로 집을 삼아 살아가면서 남의 집을 지어 주며 겨우겨우 먹고 살아가는 이 땅에서의 고달픈 삶의 모습이 형상화돼 있는 것이다. 말하자면 제 집도 마련하지 못한 채 남의 집만 지어 주는 가난한 목수의 삶이란, 그 못질하는 일이 바로 자신의 가난하디 가난한 가슴에 슬픔의 대못을 박는 일이 아닐 수 없다. 그러기에 "매형은 자식을 위해서/ 집 한 채 짓는 것이 소원이었다/ 비가 오나 눈이 오나 바람이 부나/ 튼튼히 땅 붙들고 있는 지상의 집 한 채를/ ……/ 그때 그 어린 예수가 지은 작은 집을 그리며/ 대팻날을 퍼렇게 세우고 있다"와 같이 울분의 못, 한恨의 대못을 가슴속에다 쾅쾅 박아대고 있다는 말이다. 이러한 매형 요셉의 울분과 한은 실상 시의 화자 자신의 것으로 치환될 수 있다는 점에서 못의 실존적 층위, 존재론적 층위를 보여 준다고 하겠다. 바로 이 점에서 이 연작시들의 시적 진실성과 감동성이 드러난다.

어머니 유해를 먼 바다에 뿌렸다
당신 생전에 물 맑고 경치 좋은 곳
산화처로 정해 주길 원했다
그런데 이게 어찌 된 일인가
비 오고 바람 불어 파도 높은 날
이토록 잠 못 이루는 나는 누구인가
저놈은 청개구리 같다고
평소 못마땅하셨던 어머니가
어째서 나에게만 임종 보여주시고
마지막 눈물 거두게 하셨는지 모르지만
당신 유언대로 물명산을 찾았는데
오늘같이 비만 오면 제 어미 무덤 떠내려간다고
자지러지게 우는 청개구리가
이 밤 내 베개맡에 다 모였으니 이를 어쩌나
한 번만 더, 돼지발톱 어긋나듯
당신 뜻에 어긋났더라면
비 오고 바람 부는 날
이처럼 청개구리가 되어 울지 않아도 될 것을

—「청개구리—못에 관한 명상 35」 전문

이 시집의 시 가운데 가장 아름다운 시의 하나인 이 작품은 짙은 감동을 던져 준다. 그것은 가슴에 한恨의 못이 박힌 자로서, 어머니를 떠나보낸 청개구리로서 시의 화자가 펼쳐 보이는 슬픔의 내밀성과 그 진실성에서 비롯된다. "저놈은 청개구리 같다고/ 평소 못마땅해하셨던 어머니가/ 어째서 나에게만 임종 보여 주시고/ 마지막 눈물 거두게 하셨는지"라는 구절과 "오늘같이 비만 오면 제 어미 무덤 떠내려간다고/ 자지러지게 우는 청개구리가/ 이 밤 내 베개맡에 다 모였으니 이를 어쩌나"라는 구절의 대조 속에는 어머니 생전에 다하지 못한 자식의 불효에 대한 탄식과 비통함이 아로새겨져 있기 때문이다. 이 시에 출렁이는 바다와 비바람, 파도의 이미지는 바로 어머니가 살아생전 오직 인고의 슬픔으로 헤쳐가지 않으면 안 되었던 한의 바다이며 인고와 비바람이고 슬픔의 파도로서 상징성을 지니기에 어미 잃은 자식의 가슴에는 한과 비탄의 대못이 박히게 된다는 말이다.

어머니의 고통스러운 생애를 상징하는 바다와 비바람, 파도의 심상들은 비 내리는 깊은 밤 시의 화자의 베개맡에 모여 드는 청개구리 즉, 회한悔恨의 눈물로 연결됨으로써, 또 내밀한 극기의 노력을 보여 줌으로써, 비애미를 한껏 고양시키게 된다. 인간의 죽음이라는 운명적 사실 자체가 이미 가슴에 못 박히는 일인데, 더구나 온갖 슬픔과 고난의 생애를 힘겹게 살아온 육친으로서 어머니의 죽음을 맞이하게 된 자식으로서는 다하지 못한 도리로 인해 가슴속에 한의 대못이 박히게 된다는 뜻이다.

이렇게 볼 때 실존적 층위에서 못이란, 못 박는 일이란, 인간이 살아가면서 실제적인 일을 하고 뜻을 세우며 마음을 일으키는 모든 일을 표상하면서 동시에, 운명적인 고난과 시련을 비롯한 온갖 종류의 고통과 슬픔까지도 포괄하는 총체적 상징성을 지닌다고 하겠다. 핏줄로 운명의 못이 박히고 노동으로 손에 못이 박히면서, 가슴속에 무수히 못을 박고 뽑는 일 가운데 인간의 한 생애가 속절없이 흘러가게 마련인 까닭이다.

3. 못의 사회학을 위하여

인간 사회는 수많은 인간관계의 연속과 성층으로 이루어진다. 연장으로 비유컨대 대패, 망치, 펜치, 멍키 스패너, 톱, 도끼, 줄자, 못 등 각양각색의 도구들이 어우러져 또 다른 대상들과 관계되면서 거대한 체계와 질서를 구성한다. 이러한 연장들은 생김새도 서로 다를뿐더러, 쓰임새 또한 차이가 나게 마련이다. 그렇게 보면 이러한 연장들의 다양한 모습과 쓰임새는 마치 인간들이 자기 나름의 모습과 개성 그리고 사회적 기능과 역할을 수행하는 것과 서로 대응된다.

못 하나만 하더라도 그렇다. 앞에서 언급한 것처럼 각양각색의 못은 그 생김새도 다를뿐더러 쓰임새 또한 다양하다. 이러한 여러 종류의 못들이 다양하게 제 기능을 다하면서 서로 어울리는 데서 어떤 사물의 제작이 가능하듯이, 인간관계 또한 각양각색의 사람들과 그 기능이 서로 협동하고 조화를 이루는 데서 사회가 올바로 건설되고 유지되는 것이다. 이러한 못의 관계적 기능을 우리는 '못의 사회학'이라고 불러 볼 수 있으리라. 시집 『못에 관한 명상』에는 이러한 못의 사회학에 대한 원초적 자각이 나타나서 관심을 끈다.

못을 모아 둡니다
큰 못 작은 못 굽은 못 잘린 못
녹슨 못 뭉툭한 못 방금 태어난
은빛 못까지 한자리에 모아 둡니다
재개발지역 사람들은
한자리에 모여 토론을 합니다
걱정뿐입니다 걱정과 회합 뒤에는

으레 술도 마시고 화투도 칩니다

아낙네는 해묵은 이야기로 입씨름하고

골목길은 아이들의 울음으로 더욱 좁아집니다

—「소인국의 꿈–못에 관한 명상 4」 부분

각양각색의 못이 모여 못의 사회를 이루듯이, 각종각양의 사람들이 모여 인간 사회를 구성한다. 바로 이러한 원리를 우리는 못의 사회학이라고 불러 볼 수 있으리라. 인용 시에서도 "큰 못, 작은 못, 굽은 못, 잘린 못, 녹슨 못, 몽톡한 못, 은빛 못" 등과 같이 크기나 형상, 색깔이 다른 종류의 못들이 모여 못의 사회를 구성하듯이 사람도 남자, 여자, 어린아이, 늙은이, 이긴 사람, 진 사람, 웃는 사람, 우는 사람 그리고 상처 주는 이, 상처받은 이들이 함께 모여 인간 사회를 구성한다. 그러기에 이 시의 배경이 된 재개발 지역과 같이 여러 문제가 발생하고 그로 인해 시끌벅적한 풍경이 연출되게 마련이다.

바로 이 점에서 이 시집에는 각종 사회문제들이 중요한 관심사로 대두한다.

① 저녁 한때, 포장마차에서 씹히는

노가리나 산낙지

더러운 세상 탓하며

소주 한 병으로 씻고 또 씻어도

씹히지 않는 울분을 너는 모른다

Y세무서 소득세과에서 나온 노가리와 산낙지

지난 가을 폐업 신고한 손때 묻은 장부 들추며

협박과 회유로 다섯 장을 요구하는 그의 손바닥에

나는 비굴하게 고개 숙였다

그 순간 내 가슴에 질려지는 새파란 대못 하나!

온라인 번호에 씌어진 가명

그래, 결국 나는 그 가명 앞으로 죄 없이

죄 지은 사람처럼 몰래 돈을 보냈다

대한민국 만세!

썩은 민주주의를 짓는 한보종합건설 만세

—「개는 짓는다–못에 관한 명상 51」 부분

② 새를 날려 보냈다

저희 사는 세상으로

저희 말과 꿈과

저희 노동과 내일이 있는 곳으로

빌어먹을, 내가 이제야 새장을 열다니!

…(중략)…

잠들기 전에 시국사범으로 독방에 들어가 있는

조카에게 편지를 썼다

조금 덜 먹고 덜 자고 덜 생각하기로 했다고

빈 새장을 보니 네가 생각난다고

아니, 네가 날아간 빈 새장 앞에

조간 신문과 우유 배달부가 다녀갔다고!

—「빈 새장—못에 관한 명상 42」 부분

③ 대리모가 늘어나고 있다

정자은행에 비밀구좌를 개설하고

아버지와 어머니는 가면을 쓰고 드나든다

너희들은 말한다

김천댁이 박씨 문중의 대리모라면

마리아는 하느님의 대리모라고,

—「대리모—못에 관한 명상 28」 부분

④ 머지않아, 너희들이

'아직은' 하고 안심하고 있을 때

겨울꽃도 피지 않았을 때

모두 눈사람이 되어 있을 것이다
왜, 무엇 때문에
탄식과 울부짖음이 끝나기 전에
너희들이 애써 가꾼 땅은 싸늘히 식고
핵겨울이 너희 이마를 하얗게 덮을 것이다
일진광풍이 살아 있는 것들의 뿌리를 뽑아내고
너희들은 죽음의 눈덩이가 되어 한없이 불어날 것이다
그 잘난 문명, 유구한 전통이 찬 돌덩이로 변할 줄이야

—「핵겨울—못에 관한 명상 47」 부분

이 네 편의 시는 사회의 온갖 모순과 부조리를 날카롭게 고발한다. 잘못 박혀 있는 못, 뒤틀려 왜곡되고 녹슬어 썩어 가는 못이 널려 있는 것처럼 온갖 모순과 부조리로 가득 찬 사회 현실에 대한 비판과 풍자가 제시돼 있는 것이다.

먼저 시 ①은 세무 부조리를 날카롭게 고발하면서 온갖 권력형 부조리가 만연돼 있는 이 사회의 부패상을 풍자하고 있다. '개는 짖는다'라는 동물 이미저리의 제목 아래, 먹고 살기 위해서 비굴하게 세무서원에게 굽실거리며 가명으로 뇌물을 온라인 입금하는 개와 같은 모습이 "그 순간 내 가슴에 질려지는 새파란 대못 하나!"로 예리하게 박혀 온다. 또한 "죄 없

이/ 죄 지은 사람처럼 몰래 돈을 보냈다/ 대한민국 만세!/ 썩은 민주주의를 짓는 한보종합건설 만세"와 같이 온갖 허위와 권력형 부조리가 판치는 오늘의 사회를 야유하게 되는 것이다. 그러므로 "나는 폭탄선언이나 양심선언 할 것 없어/ 포장마차 뒷전에 밀린 안주처럼/ 울지 않고도 술을 마신다/ 짖지 않는 개는 아무도 거들떠보지 않는다"라는 시의 결구에서처럼 이 시대 오늘의 부패한 사회에서 밀려나 소외된 채로 살아가는 울분과 아픔 그리고 자학을 비애미로서 형상화하게 된다.

시 ②에서는 감방의 상징으로서 온갖 구속과 억압으로 짓눌려 살아가는 시대와 사회의 불모성을 풍자하면서 자유의 소중함을 노래한다. "시국사범으로 독방에 들어가 있는 조카"란 이 땅의 혼란과 불모의 역사 속에서 걷어차이며 살아온 민중의 소외된 삶, 억압된 삶이 상징화되어 있다. 그러기에 새를 날려 보내는 행위를 통해서 자유에 대한 동경과 갈망을 드러낸다. 이 땅에서 지난 한 세기의 삶이란 일제 강점기로부터 오늘날 분단 시대에 이르기까지 못 박고 못 박히는 일로서 온갖 종류의 억압과 질곡이 횡행해 온 것이 사실이다. 이러한 질곡은 오늘날까지도 그 어둠의 그늘이 제대로 걷혀진 것은 아니다. 이런 점에서 이 시는 오늘의 정치 현실에 대한 비판과 풍자를 담고 있는 것이 분명하다. 시집에 '새'

의 표상이 빈번히 등장하는 것도 이러한 억압과 질곡의 현실로부터 벗어나 자유의 하늘로 날아가고자 하는 자유 지향성을 강하게 암유하고 있는 것으로 풀이되기 때문이다.

시 ③에는 온갖 종류의 성性적 부패와 타락이 만연하는 시대상이 암유되어 있다. 아울러 점차 기계화되고 상품화되며 획일화되어 가는 시대에 인간 상실을 풍자하고 있는 것으로 보인다. 대리모와 정자은행 그리고 가면을 쓴 사람의 상징이 바로 그것이다.

시 ④에는 문명 비판이 날카롭게 제시돼 있다. 인류를 위한 과학과 인간을 위한 문명이 어느새 인간을 위협하고 파괴시키는 거대한 공포의 대상으로 다가오는 것이다. "탄식과 울부짖음이 끝나기 전에/ ……/ 핵겨울이 너희 이마를 하얗게 덮을 것이다/ ……/ 너희들은 죽음의 눈덩이가 되어 한없이 불어날 것이다/ 그 잘난 문명, 유구한 전통이 찬 돌덩이로 변할 줄이야"라는 구절 속에는 결국 언젠가는 인류의 종말이 인류 자신의 손으로 빚어질 수도 있을 것이라는 날카로운 비판적 예언과 함께 그에 대한 경각심을 일깨우는 뜻이 담겨 있다고 하겠다. 실상 시 「걸리버와 함께-못에 관한 명상 46」을 비롯한 많은 시편에 "성냥갑 같은 건물을 짓고 빌딩이니 문화니 하며" 떠들어 대는 인간의 허망한 모습에 대한 풍자와 비판이 날카롭게 제시돼 있음은 물론이다.

이러한 못의 사회적 상징성은 이 땅의 해방 후 고단한 역사 전개와 맞물리면서 역사적 상징성의 차원으로 확대되기도 한다. 「굴뚝과 나일론 팬티-못에 관한 명상 10」, 「서양귀신-못에 관한 명상 23」, 「주팔이와 콘돔-못에 관한 명상 24」, 「천막학교-못에 관한 명상 20」, 「완월동 누나-못에 관한 명상 22」 등 6·25 전란과 1950년대 전후 폐허의 고단한 삶의 풍경을 노래한 작품들이 그것들이다.

① 삼십여 년 전 보릿고개 시절, 우리들의 국정 교과서에는 잘사는 나라 소개하는 글 가운데 선진국 산업 지대의 글과 사진이 실려 있었다. 커다란 공장 굴뚝들이 하늘 찌를 듯 수없이 세워져 있고, 검은 연기가 힘차게 뻗쳐 나오는 모습이었다.

…(중략)…

거리의 포스터에는 굴뚝에서 내뿜는 검은 연기는 더욱 시커멓게, 푸른 하늘은 잿빛에 흐려져 있을수록 잘 그린 그림으로 누구나 인정했다.

나일론 팬티가 질겨서 좋다는 그때는, 새벽마다 대못처럼 굴뚝처럼 빳빳하게 발기도 잘되는 그때는.

—「굴뚝과 나일론 팬티–못에 관한 명상 10」 부분

② 학교로 가려면

우리는 완월동을 지나다녀야 했다

…(중략)…

입술은 물론 손톱 발톱까지 예쁘게 칠한 누나들이

떠들고 웃고 싸우는 것이 정말 보기 좋았다

골목 뒤편에는 쩍쩍 껌을 씹는 미군 놈이

부릉부릉 지프차를 울리고 있었다

우리는 흰 가솔린 연기에 코를 박았다

횟배를 앓는 사람은

이 냄새를 많이 맡으라고 어른들이 말했다

—「완월동 누나–못에 관한 명상 22」 부분

③ 한문시간이다

미국이라는 글자도 배웠다

아름다운 나라, 미국美國

우리나라를 도와주는 고마운 나라라고 한다

밀가루 포대에 그려져 있는

굳게 악수하는 나라

별이 유난히 많은 나라

초콜릿과 껌의 나라

그들의 똥도 먹을 수 있다고

키 작은 주팔이가 말했다

U.S.A의 U자가 완월동에서 보았던 주둥이가 넓은 풍선을 닮았다

…(중략)…

저녁에는 아버지가

이장집에서 구제품을 받아 왔다

나는 알사탕이 제일 좋았다

그리고 몇 장의 그림엽서가 있었는데

처음 보는 총천연색이었다

십자가에 못질된 한 남자의 슬픈 눈빛과

처음으로 마주쳤다

가시관 사이로 피가 진짜처럼 흘러내렸다

아버지는 그 알몸의 남자가 서양귀신이라고

벽장 깊숙이 감추었는데

이상하게도 그 서양귀신이 애처로워

못을 빼주고 싶었다

나중에 안 일이지만

어떤 집에는 서양귀신 때문에

콩가루 집안이 되었다고 동네가 수군거렸다

—「서양귀신—못에 관한 명상 23」 부분

이 세 편의 시에는 6·25전란과 그로 인해 급격히 궁핍화해 가고 외세에 종속돼 가는 이 땅의 1950년대 풍정이 잘 묘사돼 있다.

먼저 시 ①에는 보릿고개로 시달리던 이 땅 역사의 슬픈 상처가 잘 드러나 있다. 이 땅의 험난한 역사 전개 속에서 가장 넘기 힘들다던 생존의 고개인 보릿고개, 그러면서도 전후의 폐허 속에서 그 험준한 보릿고개를 넘어 근대화로 나아가려 허리띠를 졸라매던 1950년대의 헐벗은 모습이 아이러니하게 제시돼 있는 것이다. "굴뚝에서 내뿜는 검은 연기는 더욱 시커멓게, 푸른 하늘은 잿빛에 흐려져 있을수록 잘 그린 그림으로 누구나 인정했다"라는 구절과, "나일론 팬티가 질겨서 좋다는 그때는, 새벽마다 대못처럼 굴뚝처럼 빳빳하게 발기도 잘되는 그때는"이라는 결구의 대조 속에는 근대화 과정에서의 명암明暗과 굴곡이 아이러니하게 제시되는 가운데 은근한 해학과 페이소스가 발현되고 있다는 말이다. 말하자면 아이러니로써 이 땅 근대화의 모순과 허울을 묘파하는 가운데, 해학으로써 비애를 차단하는 전통적인 풍자 기법이 활용되고 있다는 뜻이다.

②의 경우에는 완월동과 미군이 상징하는 전후 폐허와 비극적인 모습이 선명히 드러난다. 떠들고 웃고 싸우는 완월동

누나들과 쩍쩍 껌을 씹는 미군들의 대조 속에는 1950년대 전란의 소용돌이 속을 끈질기게 헤쳐 나아가던 이 땅의 잡초 같은 인생들의 아픔과 슬픔이 예리하게 부각돼 있는 것이다. 아울러 횟배 앓는 어린이들이 미군 지프차의 가솔린 매연을 맡는 모습을 통해, 무지와 가난 속에 골병들며 살아오던 민족의 시련과 궁핍상이 예리하게 풍자되어 있기도 하다.

시 ③의 경우도 마찬가지이다. 가난과 무지 속에서 미국과 그 문화는 하나의 충격이자 신화로서 다가온다. 그것은 '완월동의 풍선'이 상징하는 미국식 자본주의 지배와 제국주의 유린의 모습이기도 하며, '서양귀신'이 표상하는 서양식 이식 문화와 외래적 세계관의 일방적 유입상이며, 그로 인해 빚어지는 가치관의 혼란과 기존 질서의 붕괴상이다. 아름다운 나라 미국, 고마운 나라 미국이기에 그들의 "똥도 먹을 수" 있으며, "서양귀신 때문에 콩가루 집안이 되었다"는 구절들 속에는 8·15 광복 이후 이 땅 역사 전개의 파행성과 비극성에 대한 통탄과 함께 날카로운 비판이 내포돼 있다고 하겠다.

어쩌면 이들 시편들은 과거적 상상력의 발현을 통해서 잃어버린 시간의 안타까움을 반추하려는 과거 회상의 미학을 지향하고 있는지도 모른다. 그러나 이러한 아픈 이야기의 심층에는 해방 후 이 땅을 휩쓸고 간 6·25 전란과 전후의 잘못

된 근대화의 그늘을 딛고 일어나 삶의 온전성을 회복함으로써 인간 시대를 열어 가야 하는 것이 이 시대의 참된 과제라고 하는 열린 자각이 담겨 있는 것으로 해석하는 것이 옳다. 불행한 역사의 갈피마다 아프게 박혀 있는 구부러진 못, 부러진 못을 찾아 그것을 바로 펴고 옳게 빼냄으로써 올바른 역사의 시대를 열어 가고 싶다는 소망과 의지를 내재하고 있는 것으로 해석되기 때문이다.

바로 이러한 점들에서 우리는 못의 사회학적 층위 또는 역사적 상징성에 대한 탐구가 이 시집의 소중한 테마로 작용하고 있다는 점을 알 수 있겠다.

4. 신성사(神聖事), 저 높고 깊은 곳을 향하여

시집 『못에 관한 명상』이 그 내면성을 심화하고 진실미를 강화하게 되는 것은 이 시집이 지닌 신성사적 층위에 말미암음이 크다. 실존적인 삶의 문제가 사회·역사적 층위와 맞물리면서 다시 종교적 내면성을 확보함으로써 시적 깊이를 획득하는 데 성공하고 있는 것으로 판단되기 때문이다. 그 대표적인 예가 시 「고백성사」이다.

못을 뽑습니다
휘어진 못을 뽑는 것은
여간 어렵지 않습니다
못이 뽑혀져 나온 자리는
여간 흉하지 않습니다
오늘도 성당에서
아내와 함께 고백성사를 하였습니다
못 자국이 유난히 많은 남편의 가슴을
아내는 못 본 체하였습니다
나는 더욱 부끄러웠습니다
아직도 뽑아내지 않은 못 하나가
정말 어쩔 수 없이 숨겨 둔 못대가리 하나가
쏘옥 고개를 내밀었기 때문입니다

—「고백성사」 전문

이 시의 핵심은 '못을 뽑는다'는 행위로서 드러난다. 이 시에서 못이란 무엇이고, 못을 뽑는다는 행위는 또한 무엇의 상징인가? 한마디로, 여기에서 못이란 인간의 죄업罪業을 심는 일이고, 못을 뽑는다는 것은 속죄 또는 참회를 의미한다. 그러기에 못을 뽑는다는 일은 여간 어려운 일이 아니며, 못이 뽑혀 나온 자리는 오랫동안 흉터로 남게 되는 것이 상례이다. 바로 이 지점에서 이 시의 묘미가 드러난다. 그것은 못자국이 유난히 많은 남편의 가슴을 못 본 체하는 아내의 모습으로 상징화된다. 못 뺀 자리, 흉터 많은 가슴이란, 온갖 사는 일의 고달픔과 슬픔에 시달리고 욕망과 본능에 뒤채여 온 한 사내의 황폐한 모습이자 보편적인 인간의 형상에 해당한다. 그것을 못 본 체하는 아내의 행위는 바로 이해와 용서의 미덕을 암시할 수 있다. 그러므로 나는 더욱 부끄러울 수밖에 없다. 이해하고 용서하는 영혼 앞에 선 죄 지은 자의 본능적인 두려움이며 부끄러움이기 때문이다. 그것은 원죄 의식의 발현이자 속죄의식의 뒤엉킴에서 우러나는 내면 성찰의 부끄러움에 연유한다.

그러면서도 인간적인 속죄와 참회는 또다시 인간적인 한계를 지니게 된다. "아직도 뽑아내지 않은 못 하나가/ 정말 어쩔 수 없이 숨겨 둔 못대가리 하나가/ 쏘옥 고개를 내밀었기 때문입니다"라는 이 시의 결구가 그것이다. 하느님 앞에 죄 지은 자로서 인간이 고백성사를 하는 순간에도 그 원죄는 말끔히 씻기지 않는다는 뜻이다. 그것이 인간으로서의 한계이자 인간적 삶의 숙명성이라 할 수 있다. 고백성사의 순간에서도 고개 쳐드는 못대가리 하나가 상징하는 그 무엇, 그것은 동물성과 신성神性의 중간자로서 인간이 그 잠재의식 속에 내포하고 있는 리비도libido의 본능적 성충동이면서 모순성의 상징이라고 하겠다. 못대가리 하나가 환기하는 성 상징은 원죄의식과 연결되면서 그것 자체가 바로 어쩔 수 없는 인간의 길이며 운명의 길임을 일깨워 주는 촉매가 되기 때문이다.

따라서 이 시는 참회하고 속죄하는 인간 영혼의 아름다움과 그 숭고함을 노래하면서도, 인간이 뜨거운 육신과 피를 지닌 점에서 끝내 인간다울 수밖에 없는 운명 의식과 그 육체적 본성 또는 비극적 한계성을 섬세하게 사랑의 진실로 투시해 낸 데서 시적 성공의 포인트가 드러난다. 참회와 속죄란 인간의 몫이고, 용서와 사랑이란 인간의 몫이면서 동시에 신神의 영역에 속한다. 그러기에 이 시는 인간적인 비애미와 신성사적 숭고미가 적절히 어울림으로써 시적 성공을 거두고 있는 것으로 판단된다. 인간의 길이란 무엇인가? 그것은 신성사의 입장에서 보면 죄의 길이라 할 수 있다. 그러므로 그것은 부끄러움과 속죄의 길이며, 용서와 사랑의 길일 수밖에 없을 것이 자명하다.

따라서 이 시집에는 신성사와 인간사로서 세속사의 갈등과 화해가 지속적으로 드러난다.

① 훈련병 시절 차렷, 식사 개시! 하면
빡빡 깎은 중머리 장정들이
감사히 먹겠습니다! 목 터져라
복창하고 식사를 합니다
어떤 친구는 그것도 부족해
한동안 눈 감았다가 수저를 듭니다

어쩌다 술집 들르면 술김에 여자가 먹고 싶은데
그놈의 십계명이 목가시처럼 걸려 우물쭈물할 때 있습니다
이를 보고 누가 속삭였습니다
그까짓 것, 눈 딱 감고 감사히 먹겠습니다
복창하면 되지 않느냐고
그래그래 감사기도 있으면
너와 나, 하나 될 수 있으리니!

그래도 한동안 눈 감았다 수저 드는 그 친구가
요즘도 왜 그렇게 가까이서 보이는지 모르겠습니다

—「감사기도–못에 관한 명상 60」 전문

② 내 뼈 중의 뼈,

살 중의 살, 여인아
네 몸속의 못을 뽑고 또 뽑는다
독 오른 붉은 못대가리 하나가 오늘은 너무 깊구나

오, 시온의 딸들아,
독 오른 못대가리가 여지껏 네 치마 속
가랑이 사이에 숨겨져 있었다니!

—「못—못에 관한 명상 13」 부분

③ 해미마을에 갔습니다
낮에는 허리 굽혀 땅만 일구고
밤에는 하늘 보며 누운 죄뿐인 사람들이
꼿꼿이 선 채 파묻힌 땅을 보았습니다
요한아 요한아 일어나거라
이조시대의 천주학쟁이들은
아직까지 요를 깔고 눕지 못했습니다
꼿꼿한 못이 되어 있었습니다
못은 망치가 정수리를 정확히 내리칠 때
더욱 못다워집니다
순교는 가혹할수록

더욱 큰 사랑을 알게 합니다

겨자씨만 한 해미마을에서

분명히 보았습니다

십자가의 손과 발등을 찍은

굵고 튼튼한 대못을

겨자씨보다 작은 이 마을이

두 손으로 들고 있었습니다.

—「해미마을—못에 관한 명상 5」 전문

인용 시들에는 세속사와 신성사의 갈등과 함께 그 초극 속에 진정한 삶의 길, 바람직한 인간의 길이 놓인다는 기독교적 세계관이 잘 드러나 있다.

먼저 시 ①에는 신앙의 길로서 신성사에 발을 들여 놓았음에도 불구하고, 어쩔 수 없이 세속사로서 인간의 길로 기울어져 가는 모습이 안타깝게 묘사돼 있다. 식욕과 성욕이란 인간의 육신이 원초적으로 필요로 하는 본능적 욕구에 해당한다. 그러기에 인간은 본능적으로 이러한 세계에 탐닉하게 마련이다. 바로 이 시에는 이러한 세속사와 신성사의 갈등 속에 인간의 본성이 가로놓여 있음을 말해 주는 뜻이 담겨 있다.

시 ②에는 인간이 본성적인 면에서는 신성神性보다는 동물성으로서 육신성에 더 기울어져 있음을 적나라하게 제시한다. “독 오른 못대가리가 여지껏 네 치마 속/ 가랑이 사이에 숨겨져 있었다니!”라는 구절 속에는 이러한 인간의 육체성이 본능적인 것이며 동시에 운명적인 것이라는 사실에 대한 탄식의 안간힘이 담겨 있는 것으로 보인다.

그렇지만 시 ③에는 인간의 인간다움이란 신성의 지향 속에서 그 참모습을 찾을 수 있다는 신앙적 깨달음을 제시하여 관심을 끈다. “못은 망치가 정수리를 정확히 내리칠 때/ 더욱 못다워집니다/ 순교는 가혹할수록/ 더욱 큰 사랑을 알게 합니다”라는 구절에서처럼 인간이 인간다움을 확보하는 길이란 육신성을 바탕으로 하면서도 정신성으로서의 신성을 획득하는 일에서 찾을 수 있다는 깨달음이 제시돼 있는 것이다. 그러기에 “십자가의 손과 발등을 찍은/ 굵고 튼튼한 대못을/ 겨자씨보다 작은 이 마을이/ 두 손으로 들고 있었습니다”라는 결구와 같이, 절대자로서 하느님과 인간의 길이 순교체험을 통해 하나로 고양될 수 있음을 보게 된다. 인간이 그 인간적 본성으로서 세속성에 쉽게 기울어지면서도 끊임없는 속죄와 참회의 길을 통해 신성사를 지향함으로써 마침내 인간 정신의 승리를 가져오게 된다는 확고한 깨달음이 제시돼 있기 때문이다.

이처럼 시집 『못에 관한 명상』은 인간의 실존적 삶을 사회·역사적 층위로 상승시키면서 신성사적 층위로 고양시키고, 그것을 인간 승리로 심화시켜 가려는 노력을 보여준 데서 의미가 드러난다고 하겠다.

맺음말

이렇게 본다면 시집 『못에 관한 명상』은 인간 또는 삶의 등가물로서 못을 상징적으로 사용하면서 인간과 인생을 집중적으로 탐구한 작품이라는 점에서 의미를 지닌다고 하겠다. 못 하나에서 시인은 삶의 진실을 깨닫고, 사회적 아픔을 보며, 역사의 고뇌를 섬세하고 깊이 있게 투시해 내고 있는 것이다. 이 점에서 이 시집은 이 시대 삶에 관한 하나의 명상록이자 시로 쓴 참회록이라고 할 수도 있으리라. 그만큼 시인이 일관성 있고 깊이 있는 시 세계를 어느 정도 확보하고 있는 것으로 판단된다는 뜻이다.

이즈음 시단 인구가 팽창하면서 각양의 아마추어리즘과 매너리즘이 팽배하고 그때그때 쓴 시를 묶은 구멍가게식 시집이 범람하는 현실에 비추어 볼 때, 김종철 시인의 이러한 못을 테마로 한 집중적인 탐구는 관심을 환기하기에 충분하다. 시인이란 개성적인 시각과 방법으로 한 세계를 발견하여 그것을 새로운 정신세계로 이끌어 올리는 창조자가 아니고 무엇이겠는가.

그렇다고 해서 아직 김 시인이 못 하나로써 새로운 정신세계를 체계 있고 깊이 있게 창조해 내는 데 성공했다고 판단하는 일은 시기상조에 속한다. 그의 이번 시집에는 종교성이 시성을 압도하여 시적 감동이나 재미를 감쇄하는 경우가 적지 않다. 또한 시집 전반에 체계적인 탐구의 심도가 약화되어 있고, 때로 동어반복적인 요소가 발견되며, 독자적인 표현 기법이나 미학적 방법론의 확보가 다소 부족한 것으로 판단되기도 한다. 이 점에서 김 시인은 못을 한평생의 테마로 삼아서 그 실존적 층위, 사회사적 층위, 역사적 층위, 신성사적 층위를 더욱 체계화하고 심도 있게 탐구하는 일이 중요할 것으로 판단된다. 아울러 김 시인 특유의 풍자 정신과 기법을 개척해 보는 일도 의미 있는 일이라 하겠다. 한 예로, 골계로 비애를 파괴하고 차단함으로써 왜곡된 현실에 저항하고 어려운 삶을 극복해 나아가던 우리 선인들의 문학 정신과 기법 즉, 판소리, 탈춤 대사, 서사 민요 등 우리의 고전 전통적인 시 방법을 오늘의 시 속에 과감하게 도입해 보는 일도 바람직한 일이 될 수 있으리라 생각한다.

그러한 아쉬움에도 불구하고, 시집 『못에 관한 명상』은 시인 개인에게뿐만 아니라 1990년대 우리 시의 진로에 하나의 시금석이 될 것이 분명하다. 개인적인 면에서는 한평생의 시적 주제를 비로소 이 시집에서 발견해 냈다는 점이 그러하고, 1990년대 시사에서는 이 땅의 서정시가 개인적 층위와 사회적·역사적 층위 그리고 철학적·신성사적 층위를 변증법적으로 꿰뚫어 내는 데서 그 바람직한 활로를 열어갈 수 있을 것으로 전망된다는 점에서 그러하다.

못 하나에서 삶의 진실을 깨닫고 사회·역사적 고뇌와 부딪치며 형이상적 진리를 천착해 들어가기 시작함으로써 새로운 시의 길, 삶의 길을 찾아 모험을 떠날 수 있는 시인은 행복하다. 모쪼록 사상성과 예술성을 더욱 탄력 있게 조화시켜 냄으로써 김 시인의 삶과 시가 깊이의 시학, 행복의 시학으로 독창적인 한 세계를 이루어 가기를 기원한다.

—출처: 김종철 시집, 『못에 관한 명상』(1992)

내가 읽은 시 한 편, 김종철 시인의 「고백성사」

못을 뽑습니다
휘어진 못을 뽑는 것은
여간 어렵지 않습니다
못이 뽑혀져 나온 자리는
여간 흉하지 않습니다
오늘도 성당에서
아내와 함께 고백성사를 하였습니다
못 자국이 유난히 많은 남편의 가슴을
아내는 못 본 체하였습니다
나는 더욱 부끄러웠습니다
아직도 뽑아내지 못한 못 하나가

정말 어쩔 수 없이 숨겨 둔 못대가리 하나가

쏘옥 고개를 내밀었기 때문입니다

내가 사느라고 힘든 가운데 그나마도 건강을 유지하는 것은 아침마다 뜨거운 물에 목욕을 하는 데서 얻어지는 게 아닌가 합니다. 어제 하루의 고단한 몸과 마음을 따스한 물속에 뉘이면 온갖 몸의 고단함과 힘겨움, 그리고 정체 모를 심리적 불안과 우울까지 나도 모르게 풀리고 씻기는 느낌이 들기 때문입니다. 특히 몸을 씻는 데는 무엇보다 목욕이 가장 탁월한 효과를 발휘함을 깨닫곤 합니다.

그렇다면 마음의 고단함과 우울함은 과연 어떻게 씻어낼 것인가요? 저에게는 욕조에 들어앉아 몸을 씻는 것과 함께 조용히 시를 읊조리는 것이 가장 효과적인 방법 중 하나입니다. 그럴 때면 으레 떠오르는 작품들이 몇 있는데, 만해의 「알 수 없어요」와 윤동주의 「서시」, 그리고 김종철의 「고백성사」 등이 그것입니다. 「알 수 없어요」에서는 대자연과 마주한 인간의 깊이 있는 사색과 명상, 「서시」에서는 부끄러움과 괴로움으로서의 인간적 오뇌와 번민이 맑게 정화되는 느낌이 들기 때문입니다.

「고백성사」는 신 앞에 마주한 부족한 인간, 온갖 죄로 얼룩

진 저의 자화상이 떠오르면서 그에서 비롯된 원죄와 속죄 의식이 저를 부끄럽게 하고 괴롭게 하는 까닭인 것이지요.

산다는 일은 무엇인가요? 저에게 그것은 비유컨대 못 박는 일이고 못 빼는 일이며 그 과정의 연속이 아닌가 합니다. 육신을 지닌 인간이기에 욕망이 있고, 또 그러기에 하루하루 한 끼 한 끼는 먹어야 하는 일의 되풀이일 수밖에 없습니다. 먹는다는 일은 무엇인가요? 그것은 바로 동물, 식물의 하나뿐인 생명, 목숨을 빼앗는 일 그것을 의미하는 것이 아니겠습니까. 그러면서 또 누군가의 힘, 손을 빌려야 비로소 먹이가 내 입으로 들어오기 마련인 것이지요. 아울러 사회생활, 살아간다는 것은 누군가와 부딪치고 맞서면서 살아야 하기에 언제나 다른 사람의 가슴에 상처를 주고받고 남기는 일이 아닐 수 없는 것, 그래서 산다는 일은 못을 박고 빼는 일의 되풀이가 될 수밖에 없는 것이지요.

사실 그러고 보면 우리가 살아간다는 것은 끝없이 못 박는 일, 죄 짓는 일이며 동시에 못을 빼고 상처를 아물리는 일, 즉 참회와 용서의 길이 아닐 수 없을 겁니다. 따라서 인간의 길은 못 박고 스스로 못 빼는 일, 즉 죄짓고 참회·속죄하는 길이 될 수밖에 없습니다.

시 「고백성사」의 핵심은 바로 이 못 박고 못 빼는 일로서,

죄업과 그에 대한 속죄와 참회로서 바람직한 인간의 길을 갈파하는 데서 찾을 수 있을 것입니다. 인간이 할 수 있는 일은 육신이 있고, 먹고 살아야 하기 때문에 바로 누군가에게 못을 박아야만 하는 것입니다. 그러나 인간은 윤리와 양심이 있기에 그 죄업을 속죄하고 참회함으로써 영성의 길, 신의 길로 나아갈 수 있는 것이지요. 즉, 영성靈性에의 길, 신에게 나아가고자 한다는 뜻입니다. 그러기에 죄를 느끼게 되는 것이고, 죄를 씻고자 할 수밖에 없는 것, 죄와 속죄, 참회는 인간의 길이고 그것을 용서하는 것, 그리고 한 걸음 더 나아가서 죄 많은 인간을 사랑하는 것은 오로지 조물주로서 신만이 할 수 있는 것이지요. 그러기에 속죄, 참회의 길은 아픔과 부끄러움을 수반할 수밖에 없는 것입니다.

그렇게 보면 이 시는 죄업과 속죄로서 인간의 길과 함께 용서와 더 적극적 용서로서 사랑의 길, 즉 신의 길을 함께 일러 주면서 참답게 산다는 것은 그러한 정신의 길로서 보다 높은 영성을 지향하는 데서 얻어질 수 있다는 깨달음을 강조하는 것으로 이해됩니다.

그러나 한 번 더 깊이 생각해 보면 삶이 참회와 명상, 용서와 사랑의 길이지만 한 걸음 더 나아가서 좀 더 주체적인 삶, 능동적이고 실천적인 삶을 살아가면서 운명을 사랑하고 인간을 적극적으로 껴안고 살아가야 하는 운명애運命愛, 인간애人間愛, 인류애人類愛의 길을 강조하고 있는 것이 아닌가 합니다.

말하자면 진정한 자기애, 운명애에서 인간애가 싹트고 한 걸음 더 나아가서 인류애와 자유의 철학·평등·평화의 철학이 얻어질 수 있음을 소중하게 인식시켜 준다는 점에서 이 시의 참뜻이 드러난다는 말씀입니다.

인간 역사도 그렇지만 인류 사회는 거대한 못과 못의 상·하·좌·우 연쇄 체계이자 조직 체계인 것입니다. 이 점에서 모든 인류는 하나의 못으로 거대한 못의 역사, 못의 사회학에 참여하지만 동시에 개인의 삶 또한 스스로 하나의 거대한 연쇄 체계와 조직 체계를 이루어 간다는 점을 일깨워 주는 것이지요.

이 점에서 이 시 「고백성사」는 「못의 귀향」, 「못의 사회학」, 「못의 역사」, 「못의 사제」 등 연작시로 확대되고 심화해 갈 수밖에 없는 것이기도 할 겁니다.

새삼 '못' 하나에서 삶의 진실과 인간의 길을 발견하고 인간사·인류사를 꿰뚫어 본 김종철 시인의 아름다운 시혼이 그리워지는 가을날입니다.

—출처: 『시인수첩』 통권 43호(2014년 겨울호)

「못에 관한 명상」 작품 해설 보론 2

청개구리의 슬픔을 아시나요

어머니 유해를 먼 바다에 뿌렸다

당신 생전에 물 맑고 경치 좋은 곳

산화처로 정해 주길 원했다

그런데 이게 어찌 된 일인가

비 오고 바람 불어 파도 높은 날

이토록 잠 못 이루는 나는 누구인가

저놈은 청개구리 같다고

평소 못마땅해하셨던 어머니가

어째서 나에게만 임종 보여 주시고

마지막 눈물 거두게 하셨는지 모르지만

당신 유언대로 물명산을 찾았는데

오늘같이 비만 오면 제 어미 무덤 떠내려간다고

자지러지게 우는 청개구리가

이 밤 내 베개맡에 다 모였으니 이를 어쩌나

한 번만 더, 돼지 발톱 어긋나듯

당신 뜻에 어긋났더라면

비 오고 바람 부는 날

이처럼 청개구리가 되어 울지 않아도 될 것을.

—김종철, 「청개구리—못에 관한 명상 35」 전문

청개구리를 보셨나요? 여름날 비만 오면 산에 들에 시냇가 여기저기서 철없이 악다구니처럼 울어 대는 녀석들 말입니다.

어렸을 때 우리들은 영락없이 청개구리 모습이었지요. 엄마가 시키면 니밀니밀 뻗대면서 꼭 반대로 일을 저지르곤 해서 무척이나 엄마를 속상하게 하지 않았었습니까? 정작 엄마가 돌아가시고 나서야 뒤늦게 깨달아서 이제는 엄마 유언을 곧이곧대로 들어 시냇가에 무덤을 쓰고는 그 앞에서 즈이 엄마 무덤 떠내려간다고 대성통곡 울어 댄다는 그 미련한 녀석들처럼 말입니다.

시인은 그 청개구리로 자신의 회한의 심정을 고백하고 슬픔을 이겨 내려 하고 있군요. 뒤늦게 통한의 슬픔에 사무쳐 흐느낀다는 말씀입니다. "오늘같이 비만 오면 제 어미 무덤 떠내려간다고/ 자지러지게 우는 청개구리가/ 이 밤 내 베개 맡에 다 모였으니 이를 어쩌나"라는 구절 속에는 어머니를 여의고 난 후 시시때때로 엄습하는 회한과 슬픔의 정감이 생생하게 표출돼 있다고 하겠습니다. 슬픔에 겨워 아내도 몰래, 그 누구도 모르게 깊은 밤 혼자서 마른 눈물 흘리는 모습이 '베개맡 청개구리'로 형상되어 읽는 이로 하여금 공감을 불러일으키는 것이지요.

아, 제게도 어머니, 어머니 떠나가신 지 어언 20여 년이 넘었지만요. 아직도 오늘처럼 비라도 내리는 밤이면 온 세상 청개구리들이 다 제 잠 못 이루는 머리맡, 베개맡으로 모여 울어 대니 저는 어쩌면 좋겠습니까?

—출처: 김재홍 편저, 『당신은 슬플 때 사랑한다』(2003)

「등신불 시편」 작품론

등신불, 자유에의 길 또는 포월 의지

머리말

시인 김종철은 「고백성사」라는 예사롭지 않은 작품을 얼마 전에 발표하여 우리 모두의 마음에 깊은 울림을 주었다. 인간과 삶의 내면을 날카로운 직관과 섬세한 서정, 그리고 여유 있는 해학으로 형상화한 이 같은 작품을 발표한 그는 1968년 한국일보 신춘문예에 시 「재봉」이 당선된 이래, 시집 『서울의 유서』, 『오이도』, 『오늘이 그날이다』, 그리고 『못에 관한 명상』을 상재한 바 있는 역량 있는 중견 시인의 한 사람이다.

특히 그는 앞서 언급한 시 「고백성사」가 실려 있는 시집 『못에 관한 명상』에 이르러, 못을 통해 인간의 내면적 본성과 사회적 실상을 투시하면서 실존의 어려움과 함께 사회적 아픔, 그리고 역사적 삶의 존재론을 탐구하는 진지함을 보여 주어 관심을 환기한 바 있다. 그는 이 연작시에서, 인간 또는 삶의 등가물로서 못을 하나의 상징 또는 화두로 사용하면서 인간과 삶의 모습을 집중적으로 탐구하였다. 다시 말해, 김종철 시인은 못 하나에서 삶의 진실을 깨닫고, 사회적 아픔을 읽어 내며, 역사의 고뇌를 섬세하고 깊이 있게 투시해 내는 한 시범을 보여 주었다. 『못에 관한 명상』은 1990년대 우리 시의 한 고해록이자 명상록으로, 한국 현대 시사에 매우 소중한 의미를 남기고 있다.

그렇지만 이 시집은 관심의 다양성으로 인해 집중성이 다소 떨어지고 탐구의 심도가 아쉬운 면이 없지 않았다. 이에 비추어, 이번에 상재하는 『등신불 시편』은 이러한 지난번 시집의 단점 또는 약점을 한 차원 극복하고 있는 것으로 여겨져 새로운 관심을 환기시킨다.

1. 등신불, 또는 몸과 마음의 변증법

이번 시집에서 첫째 화두는 등신불이다.

등신불을 보았다

살아서도 산 적 없고

죽어서도 죽은 적 없는 그를 만났다

그가 없는 빈 몸에

오늘은 떠돌이가 들어와

평생을 살다 간다

—「등신불」 전문

등신불이란 무엇인가? 말 그대로 등신불이란 몸 크기만 한 정도로 만든 불상을 말한다. 그러나 여기서의 내포는, 성불하기 위해 독 안에 들어가 도를 닦다가 그대로 부처가 돼버렸다는 구화산 김교각 스님의 등신불 설화를 그 모티브로 하고 있다. 다시 말해 등신불이란 자기의 몸을 태워 마침내 불도를 이룬다는 이른바 소신공양燒身供養 설화를 그 근원 설화로 한다는 점에서, 존재의 근원에 대한 물음 또는 깨침의 완성으로서의 치열한 구도행을 그 내용으로 한다고 하겠다.

이 점에서 이 「등신불」은 결국 삶이란 무엇인가라는 존재의 근원에 대한 질문 또는 삶에서 성불, 즉 존재의 의미를 확인하는 행위로서 깨침이란 무엇인가 하는 데 대한 물음으로부터 시작된다. 그런데 이 시에서 삶이란 "살아서도 산 적 없고/ 죽어서도 죽은 적 없는 그"로서 제시된다. 불교식으로 말해 '삶과 죽음은 하나'라는 이른바 생사일여生死一如의 인생관을 제시한 것으로 보인다. 그러기에 생이란 "그가 없는 빈 몸에/ 오늘은 떠돌이가 들어와/ 평생을 살다 간다"와 같이 '빈 몸' 혹은 '떠돌이'의 모습으로 표상되면서 몸과 독의 상관관계로 나타난다.

> 누군가의 몸 하나를
> 큰 독 속에 넣고 밀봉한다
> 삼 년 후 열어 보니 마치 살아 있는 듯
> 그대로 온전하다
> 등신불이다
> 사람들은 시신을 그대로 독 속에 묻고
> 그 위에 칠층탑을 쌓았다
> 지옥이 비이지 않고서야
> 독 속에서 그는 나오지 않는다
>
> —「몸 하나-등신불 시편 3」 전문

이 시에서 삶이란 성불, 즉 끊임없는 구도를 통해 마침내 해탈에 이르고자 하는 과정으로서 제시된다. 여기서 독이란 과연 무엇인가? 한마디로 그것은 인간의 굴레로서 육체성 또는 구속성을 의미한다. 달리 말해, 관습의 틀이나 인식의 벽 또는 육체의 굴레나 욕망의 감옥을 상징한다고 할 수도 있다. 몸만 해도 육신의 감옥이라 하겠는데, 다시 독 안에 든다니 감옥 속에 또다시 감옥을 마련하고 들어가 있는 형상이 아니겠는가. 바로 이 점에서 이 시가 인간의 본성, 즉 육신과 정신의 양면성에 대한 질문을 근본 문제로 출발하고 있음을 알 수 있게 된다.

① 사람은 죽어서 어디로 가나
죽은 그들 중에
아무도 돌아와서 말해 주지 않는다
자신의 독 하나 깨뜨리지 못하면서
성불을 바라보다
독이 되어 버린
바보 등신 같은 놈!

—「바보 등신—등신불 시편 5」 전문

② 작은 몸뚱이 하나
좋은 옷 좋은 음식 공양했더니

교만과 욕심만 커져

제 몸뚱이만 보물단지로 아끼고 아껴

큰 독 속에 들어간 마음 하나만

먼저 썩는다

—「밑 빠진 독—등신불 시편 6」 전문

이 두 편의 시에서 확인할 수 있는 것은 바로 몸과 독이 인간의 굴레, 또는 육신의 감옥을 상징한다는 점이다. 그리고 그것은 "사람은 죽어서 어디로 가나"라는 죽음의 문제로서 삶의 근원성에 대한 질문의 또 다른 양식이며, "제 몸뚱이만 보물단지로 아끼고 아껴/ 큰 독 속에 들어간 마음 하나만/ 먼저 썩는다"와 같이 육체와 정신, 몸과 마음의 갈등에 초점이 놓임을 알 수 있다. 시 ①에서 "자신의 독 하나 깨뜨리지 못하면서/ 성불을 바라보다/ 독이 되어 버린/ 바보 등신 같은 놈!"이라는 시의 결구 속에는 이처럼 육신의 감옥 또는 인간의 굴레에 갇혀 허우적거리며 살아가는 인간에 대한 날카로운 풍자가 담겨 있는 것으로 이해된다. 또한 시 ②에서는 "작은 몸뚱이 하나/ 좋은 옷 좋은 음식 공양했더니/ 교만과 욕심만 커져/ 제 몸뚱이만 보물단지로 아끼고 아껴"와 같이, 탐욕과 성냄, 어리석음이라는 삼독三毒에 빠져 허둥대며 살아가는 세속적 삶에 대한 통렬한 야유가 담겨 있는 것으로 보인다.

이렇게 볼 때 연작시 「등신불」의 첫째 화두는 바로 등신불이며, 그것은 인간의 육체성과 구속성이 몸과 독이라는 상징으로 제시되고 있음을 알 수 있다. 그만큼 인간의 본질, 또는 존재의 근원적 형식에 대한 질문에 이 시의 관심이 집중돼 있다는 뜻이다.

2. 무애행과 해탈의 길 또는 입전수수

그렇다면 이러한 몸과 독의 상관관계가 지향하는 바는 무엇이겠는가? 한마디로 말해 그것을 몸과 마음의 변증법이라 말해 볼 수는 없을 것인가.

본다
그의 빈 몸 속에
몰래 들어간 여러 것,
몇 마리의 야수와 작은 예배
여자의 손톱자국까지

사람의 길과 짐승의 길이

나란히 골 패어 길게 굽어져 있는

저 마음의 돌밭에

원숭이가 골짜기를 내려온다

이제는 누구도 제 몸을 단속하지 않는다

죽은 몸이 오히려 산 몸한테

니 집이나 지키라 한다

—「본다–등신불 시편 12」 전문

이 시에 첨예하게 드러나는 것은 몸과 마음과의 관계이다. 그것은 "그의 빈 몸 속에/ 몰래 들어간 여러 것,/ 몇 마리의 야수와 작은 예배/ 여자의 손톱자국까지"처럼 몸과 마음, 즉 동물성과 신성神性이 함께 뒤섞여 있는 모습으로 제시된다. '야수·예배·여자'의 대응이 그것이다. 말하자면 인간이란, 삶이란 "사람의 길과 짐승의 길이/ 나란히 골 패어 길게 굽어져 있는/ 저 마음의 돌밭"과 같이 신성성과 야수성의 중간 형식 또는 공존 형식으로 제시된다. 그러기에 인간의 길이란 모순의 길이며 갈등의 길로서, 양면성 또는 모순성을 지니는 것이다. "태어나면 죽고/ 죽으면 태어나고/ 그건 내가 할 일이다/ 태어나지 않고 죽지도 않는/ 그것은 네 일이다/ 오늘은 너와 나/ 마음이 두 곳에 있으니/ 부처와 돼지로 구분할 수밖에!”(「너와 나」)라는 시 속에는 이러한 인간의 양면적 속성 또는 중간자적·모순적 속성이 선명하게 담겨 있는 것으로 이해된다. 이러한 양면성·모순성이란, 말 그대로 육체와 정신, 몸과 마음, 현실과 이상, 세속과 신성이 서로 뒤섞여 대립하고 갈등하며 살아가고 있는 생의 현실상을 그대로 암시한 것이 아닐 수 없다.

하지만 이 시집의 의도가 여기에 머무는 것만은 아니다. 그것은 한 걸음 더 나아가 이러한 갈등과 대립을 통해 그 모순성, 갈등성을 극복하고자 하는 데서 그 근본 의도나 근원적 지향성이 드러나는 것으로 이해된다.

① 안개 속에 갇혀 이틀을 보냈다
창문을 열면 안개가 흘러들어와
아무것도 보이지 않는다
이곳 마을 사람들은 벽처럼 가로막는 안개 속에서도
길을 잃지 않는다
보지 않고도 보는 것처럼
보아도 못 본 것처럼
산도 나무도 모두 오리무중五里霧中,

오늘 하루 나는 없다, 없다, 없다

생등신불이

이처럼 쉽게 될 줄이야!

—「나는 없다, 없다, 없다–등신불 시편 9」 전문

② 등신같이, 바보 등신같이

죽어서 다시 일생을 사는 너

산 자에게만 보이는 너

보는 자는 누구인가

보이지 않는 것을 보는

그 어리석음은 무엇으로 만나는가

보는 쪽도 나고 보이는 쪽도 나고

나 없이 너를 있게 하는,

깨침도 없이 깨치는 그것!

등신 지랄하는 그것!

—「깨침도 없이–등신불 시편 11」 전문

이 두 편의 시에는 시집 『등신불 시편』이 지향하는 정신세계가 선명히 드러나 있다. 그것은 "몸만 두고 당도"(「오뚝이–등신불 시편 7」)하는 모습이며 "저 적막 끝에/ 문득 와 머무는 절벽 같은 독불,/ 부처도 맨발"(「맨발의 유채꽃-등신불 시편 8」)과 같이 모든 게 마음에 달려 있다는 깨침, 즉 일체유심조一切唯心造의 인식이라 하겠다. 다시 말해 육신의 감옥, 탐욕의 질곡을 깨뜨리고 근원적인 허무, 즉 태허를 발견하는 일 또는 영원한 정신의 자유에 도달하는 일이 그것이다. 그것은 탐욕과 성냄, 어리석음이라는 삼독三毒을 버리는 일이며 동시에 애착, 집착, 원착怨着이라는 삼착三着을 버림으로써 정신적인 해탈, 즉 근원적인 자유에의 길로 나아가고자 하는 소망과 염원을 반영한다.

그런데 여기에서 주목할 것은 이러한 해탈, 즉 영원한 자유에의 길이 부정의 변증법과 역설의 방법론에 의지하고 있다는 점이다. 이러한 무애無碍로서 대자유의 길은 "나는 없다, 없다, 없다"라는 강력한 부정의 반복, 즉 불교적 무의 변증법에 근거를 두고 있으며, "죽어서 다시 일생을 사는 너// 깨침도 없이 깨치는 그것!"이라는 역설의 방법론에 의해 인간의 양면성, 모순성이 유발하는 대립·갈등의 극복을 이루고 마침내 무애로서 깨침의 길, 정신적인 대자유의 길로 나아갈 수 있게 되는 것이다.

바로 그것이다. 연작시 「등신불」이 지향하는 것은, 인간의 양면성, 모순성을 발견하고 그 갈등과 대립을 극복해 나아감으로써 부정에서 긍정을, 파괴에서 생성을, 무에서 존재를 이끌어 내고 마침내 깨침도 없이 깨침을 이루고자 하는 해탈의 길, 정신적인 대자유로 나가고자 하는 것이다. 부정의 부정으로서 더 큰 긍정을 이끌어내고자 하는 불교적 변증법과, 뒤집어 보기라는 역설에 의해 진실과 진리에 이르고자 하는 끊임없는 존재에의 성찰을 보여 준다는 점에서 이 연작시는 구도 시집 또는 증도가證道歌로서의 특성을 보여 준다.

그렇지만 이 연작 시집이 강조하고자 하는 것은 또다시 한 단계 넘어선 곳에 놓인다.

구화산 하산한 지 꼭 사흘

눈을 떠라, 내가 볼 것이다
귀를 기울여라, 내가 들을 것이다

그래 그래 네가 보고 들을 것은 뭐냐,

"사람 살려!"

—「구화산 후기–등신불 시편 13」 전문

앞에서 우리는 등신불 연작이 몸(독)에서 해방되어 마음, 자유에 이르는 길로 집중돼 있음을 알 수 있었다. 그러나 이 시집이 궁극적으로 말하고자 하는 곳은 그 너머에 있다. 즉, 몸과 마음을 동시에 넘어서는 그 곳에 인간의 존재론적 의미, 삶의 참뜻이 있음을 강조하고 있는 것이다. 그것은 몸과 마음을 넘어서는 해탈의 길, 영원한 자유의 길이란 바로, 아귀다툼의 현장으로서 '지금·여기·나'를 긍정하고 최선을 다하려는 자세 속에서 존재의 참된 의미가 놓인다는 점을 시사하는 것임을 알 수 있다. 그것은 마치 자아를 찾아 해탈의 길을 찾아 나선 「심우도尋牛圖」의 마지막이 입전수수入鄽垂手로서 현재·여기의 삶으로 끝나고 있음과 서로 상응된다. 그리도 열심히 찾아 헤매던 삶의 실상, '참 나'의 모습이란 바로 '오늘·여기·나'의 삶에 최선을 다하는 모습 속에 놓인다는 뜻이 되겠다. 진정한 무애의 길, 자유에의 길의 참뜻도 바로 그러하리라는 점은 새삼 재론할 여지가 없을 것이다.

3. '지금·여기'의 삶 또는 무애행과 자유에의 길

이러한 『등신불 시편』의 독 깨뜨리기 또는 몸 넘어서기를 통한 무애행 또는 자유에의 길 지향성은 이 시점에서 또 다른 화두인 '소녀경素女經'으로 전환됨으로써 새로운 국면을 맞이하게 된다.

구멍 속에 들어갔다가 나올 때
우리들은 늘 죽어서 나온다
어떤 때는 반쯤 죽어서 나온다
그런 날에는 벼랑 아래 한없이 나가떨어지듯
코를 골며 잠만 잤다

어디 그뿐인가
세상의 참호 속에 들어갔다
나온 날에도
우리들은 반쯤 골병들어서 나왔다
어떤 자는 아예 죽어서 실려 나왔다

소녀경이 이르기를
구멍 속에 들어갔다 나올 때는
죽지 말고 꼭 살아서 나와야 된다고
당부하였다
죽어도 죽지 않고 사는 법

소녀경이 내 나이 오십을 가르쳤다

—「구멍에 대하여-소녀경 시편 2」 전문

시집 『등신불 시편』에서 「등신불」 연작은 「소녀경」 연작으로 이어진다. 소녀경이란 무엇이던가? 그것은 황제와 그의 몸시중을 드는 여성으로서 소녀素女와의 사이에서 전개된 온갖 성합性合의 체험과 이론을 집성한 중국 비전의 방중술房中術 책이 아니던가. 그렇다면 하필 등신불을 운위하던 시인이 갑자기 왜 소녀경을 노래하기 시작했는가? 이 사연은 시인의 지난번 시집 『못에 관한 명상』을 떠올려 보면 쉽게 그 까닭을 짐작해 볼 수 있다. 이미 그 시집에는 성 상징으로서 못이 제시된 바 있기 때문이다.

내 뼈 중의 뼈,

살 중의 살, 여인아

네 몸속의 못을 뽑고 또 뽑는다

독 오른 붉은 못대가리 하나가 오늘은 너무 깊구나

오, 시온의 딸들아,

독 오른 못대가리가 여지껏 네 치마 속

가랑이 사이에 숨겨져 있었다니!

—「못-못에 관한 명상 13」 부분

이 시에서 우리는 못이 남성성을 상징하는 데 비해 그 못의 짝, 또는 못의 집으로서 여성성이 제시돼 있음을 본다. 바로 그것이다. 이 여성성이 바로 「소녀경」 연작에서 '구멍'으로 상징화돼 있는 것이다. 그렇다! 시인은 시집 『못에 관한 명상』의 연장선상에서 또는 그 짝으로서 「소녀경」 연작을 진행하고 있는 것이다. 성전聖典으로서의 경經이 아닌, 성경性經을 통해서 인간의 본질 또는 삶의 근원적 형식을 탐구하고자 의도하고 있다는 뜻이다. 사실 이것은 「등신불」 연작에서의 독, 즉 몸과도 그대로 상응된다. 몸에 난 구멍, 그것이 바로 「소녀경」의 성 상징이 아니겠는가? 말하자면 '못·구멍'과 '몸·구멍'의 대응을 통해, 욕망의 존재, 육신의 존재인 인간과 삶에 대해 그 본질과 현상을 탐구해 보고자 하는 내밀한 의도가 숨겨져 있다는 뜻이다.

인용 시 「구멍에 대하여-소녀경 시편 2」에는 이러한 시인의 의도가 단적으로 잘 드러나 있다. 남녀의 성행위가 바로 "구멍 속에 들어갔다가 나올 때/ 우리들은 늘 죽어서 나온다/ 어떤 때는 반쯤 죽어서 나온다"라는 상징적인 구절로 제시돼 있다. 말하자면 구멍은 성性의 상관물로서 의미를 지닌다고 하겠다. 그렇지만 여기서 구멍은 단순히 성 상징만을 지시하지는 않는다. 그것은 삶과 죽음이 함께 있는 곳, 또는 죽어도 죽지 않고 살았다고 해도 영원한 삶이 아닌 진리로서 삶의 모습을 지시하는 포괄적인 상징성을 지니는 데서 의미를 지닌다. 다시 말해 몸(구멍)으로부터의 자유, 또는 얽매임으로부터의 자유, 즉 무애에 도달하기 위한 화두로써 구멍이 제시돼 있다는 뜻이다. 실상 진정한 삶이란 삶과 죽음이 함께 있는 것이고, 진정한 자유 또한 얽매임도 없고 얽매이지 않음도 없는 그러한 자유자재로서 무애의 상태를 말하는 게 아니겠는가?

이 점에서 우리는 시집 『못에 관한 명상』에서 못의 철학이 이번 시집 『등신불 시편』에서 몸의 철학 또는 구멍의 철학으로 변증법적 전이를 이루고 있음을 확인하게 된다. 그것은 구속으로서의 삶, 질곡으로서의 몸 또는 구멍으로부터 벗어나기라는 무애행과 자유에의 길을 의미한다. 아울러 이 시에서 이러한 구멍 철학은 '세상의 참호'로 확대됨으로써 사회성을 지니게 된다. 우리는 세상살이에서 "어디 그뿐인가/ 세상의 참호 속에 들어갔다/ 나온 날에도/ 우리들은 반쯤 골병들어서 나왔다"라는 구절에서 보듯이, 인간 조건으로서 각양각색의 삶의 구덩이에 빠져 허우적거리기도 하며 때로는 그 속에서 죽어 나오기도 하지 않는가? 이렇게 본다면 구멍은 단순한 구멍이 아니라 삶의 온갖 모습과 원리를 담고 있는 하나의 상징체계임을 알 수 있다.

아내도 오십을 바라본다
이제 아내 몸 구석구석 더듬기에도
소녀경처럼
페이지가 잘 넘어가지 않는다
어떤 때는 파본처럼 어머니가 나온다
나이 마흔에 과부가 되셨던 어머니가
아내 옆에 파본처럼 따라 눕는다
아내가 나를 길들이는 동안
어머니는 동정녀처럼 얼굴을 붉히고,
오르가슴 없이 내가 태어났던 자국을
아내는 숨긴다

—「파본처럼」 부분

이 시에서 아내와 어머니는 여성성으로서 근원적 동일성을 지닌다. 그것은 생명의 근원이자, 삶의 현장이고 목숨의

미래로서 상징성을 지닌다. 인간이란, 아니 모든 생명이란 못과 구멍의 변증법을 통해 잉태되고 출산되는 것이기에, 어머니의 자궁과 아내의 성性은 그대로 아기의 집으로서 근원적 상징성을 지니는 것이다. 그러고 보면 삶이란 육신의 구멍에서 태어나 구멍을 드나들다가 다시 대지의 자궁으로서 구덩이, 즉 무덤 속으로 돌아가는 존재가 아니겠는가? 말하자면 구멍은 생명의 원적지이면서 현주소이고 동시에 미래의 주소라고 하는 포괄적 상징성을 지닌다고 하겠다. 이 점에서 삶이란 구멍 뚫기로서 구멍이 상징하는 육신의 구속으로부터 벗어나서, 구멍 메우기 또는 구멍 벗어나기로서 자유에의 귀환을 꿈꾸는 존재가 아닐 수 없겠다.

그러기에 삶이란 별것이면서 별것 아니고, 별것 아니면서 또 별것일 수밖에 없는 이율배반의 존재일 수밖에 없다.

① 봄 여름 가을 겨울 낮 밤 지나고 보니
사람 사는 일, 별것 아닌 것 알 때쯤
우리가 알게 된 것은 딱 하나,
……!

—「!–소녀경 시편 6」 부분

② 여기서 우리는 무슨 답변 듣기로 하겠는가?

닭은 추우면 나무 위로 올라가고

오리는 추우면 물속으로 들어가는 법

독한 방망이 하나로

하룻밤 맺고 푼다 한들

오월 매화 떨어지면 무엇이 있겠는가,

네까짓 게 오월 매화 아닌 다음에야!

—「잡타령-소녀경 시편 9」 부분

③ 무릇 하늘은 왼쪽으로 돌고

땅은 오른쪽으로 돈다

남자는 반드시 하늘과 같이 왼쪽에서 오른쪽으로

여자는 반드시 땅과 같이 오른쪽에서 왼쪽으로

…(중략)…

옛사람이나 지금 사람,

이 흐르는 물에 걸림 없으니

—「도는 법-소녀경 시편 10」 부분

인용 시에서 ①은 느낌표 '!'를 통해 삶이 구멍에서 시작되어 구멍을 통해 구멍으로 귀환하는 별것 아닌 구멍의 존재,

무無의 존재라는 사실을 제시한다. 아울러 시 ②에는 성性 앞에서 모든 존재가 생명법칙으로서 작용한다는 점에서 평등하며 또 평등해야 한다는 인식을 담고 있는 것으로 이해된다. 또한 시 ③은 성性이란 삶과 마찬가지로 흐르는 물과 같이 돌고 도는 것으로서 자연의 이법理法에 해당하며 자유의 원리를 지닌다는 점을 말해 주는 것으로 이해된다. 말하자면 이 시편들은 성 상징 또는 구멍의 철학으로서 존재와 무無, 또는 삶의 평등 원리와 자유의 이법을 제시한 것으로 이해할 수 있다.

바로 그날!
알게 되었다
이 짓 하나로 성불할 수 있음을
—「이 짓 하나로!—소녀경 시편 12」 전문

「소녀경」 연작의 한 편인 이 작품은 삶의 온갖 이법, 생명의 원리가 구멍 하나, 즉 성性의 상징 속에 모두 함축돼 있음을 알게 해 준다. 삶의 길이란 육체의 길이면서 동시에 마음의 길이고, 이 두 가지가 변증법적 초월을 이루는 지점에서 서로 껴안고 도는, 이른바 포월에의 길로 나아갈 수 있음을 제시하고 있는 것이다. 구속이면서 해방의 길이고, 자유의 길로서 모든 생명 있는 것들은 성性 앞에서 평등하다는 생명의 이법 또는 삶의 원리를 담고 있다는 뜻이다. '성·몸·마음' 앞에서 모든 삶은 자유롭고 평등하다는 점에서 성불成佛이란 바로 성불性佛을 의미할 수도 있으리라는 뜻이다.

이 점에서 결국 「등신불」의 주제는 「소녀경」과 하나로 합쳐지면서 시집 『못에 관한 명상』과 서로 원성圓成의 조응을 이루게 되는 것으로 판단된다. 육체의 길이 바로 정신의 길이며, 구속과 해방이 하나인 것처럼 지옥과 열반이 하나이며 하나일 수밖에 없다는 인식이다. 따라서 참된 자유에의 길이란 '오늘·여기·나'의 삶 속에 놓이는 것이기에, 그에 최선을 다하는 일이 바로 삶의 진정한 의미이며 '참 나'의 구현이라는 깨침이 드러나게 되는 것이다. "배우고 익힐수록 즐겁지 아니하던가!"라는 「소녀경」 연작시의 마지막 구절이 바로 이러한 삶의 길로서 깨침의 길이며, 참 나를 향한 진정한 구도의 길임을 말해 주는 것이 아닐 수 없으리라. 몸으로써 독의 한계를 깨뜨리는 일과 같이, 육신으로 구멍을 넘어섬으로써 온갖 육신의 구속을 뛰어넘어 영원한 자유에의 길로 나아가고 싶다는 해탈에의 염원과 의지를 노래한 것으로 이해되기 때문이다.

4. 구도의 시 순례의 시

그렇다면 시집 『등신불 시편』에서 이러한 생사일여의 인식 또는 「소녀경」에서 불이不二의 세계관이 궁극적으로 지향하는 것은 무엇일까?

> 먼발치에서 너를 보았다
>
> 앙상한 흰 산맥의 갈비뼈가
>
> 길가 화장터의 장작더미 위에
>
> 누워 타고 있었다
>
> 네팔과 내 팔 사이에!
>
> —「네팔에서–산중문답 시편 1」 전문

「등신불」과 「소녀경」 연작시는 다시 제3부에서 「산중문답山中問答」 연작시로 이어진다. 그 첫째 작품인 이 시는 다시 산맥과 지상이 서로 하나이듯이 삶과 죽음도 결국은 하나일 수밖에 없다는 생사일여 또는 불이의 세계 인식을 드러내 준다. "앙상한 흰 산맥의 갈비뼈가/ 길가 화장터의 장작더미 위에/ 누워 타고 있었다"라는 시적 진술 속에는 바로 이러한 높

낮이가 없는 세상의 이치 또는 무로서 존재의 원상原狀에 대한 깨달음이 제시된 것으로 이해된다. 아울러 자유에의 길에 대한 동경과 지향이 담겨 있는 것으로 받아들여진다.

① 산봉우리 하나하나 올려다보기 싫어
　아예 경비행기로 흰 산맥을 한 바퀴 돌았다
　군데군데 남루가 기워진 세상의
　지붕을 내려다보니
　세상살이가 별것 아니었다

　그날 낮은 곳으로 임한 나는
　하마터면 돌더러 빵이 되라고 외칠 뻔했다
　—「낮은 곳으로–산중문답 시편 4」 전문

② 엄마
　어머니
　어머님
　당신을 부르기엔
　이제 너무나 늙었습니다

엄마 하며 젖을 물고

어머니 하며 나란히 길을 걷고

어머님 하며 무릎 꿇고 잔 올렸던

당신 十週忌십주기 제사상에

북어대가리 같은 無字무자 하나

눈을 감습니다

—「사모곡-산중문답 시편 9」 전문

이 두 편의 시에는 삶의 본모습으로서 그러한 생사일여 또는 자타불이自他不二의 세계 인식이 잘 드러나 있다. 그것은 높은 곳이 낮은 곳이고 낮은 곳이 또 높은 곳이라는 불이의 세계 인식이며, 죽음과 삶이 하나라는 생사일여의 인생관이다. 아울러 삶의 본질이 바로 무無라고 하는 근원적인 존재 인식을 담고 있다고 하겠다. 실상 이러한 불이의 세계관 또는 일여의 세계 인식은, 갈등과 편견으로 가득 차 있는 현실적인 삶 또는 육체의 질곡을 벗어나, 자유에의 길에 도달할 수 있는 하나의 정신적인 방편이자 초월에의 방법이 아닐 수 없다. 실상 산이라고 하는 수직 상승의 상징도 이러한 초월과 극복 의지를 표상한 것이며, 연작의 도처에 나타나는 새의 이미저리도 이러한 자유에의 갈망과 의지를 노래한 것이 아닐 수 없다고 하겠다. 역시 자유에의 갈망 또는 초월에의 의지는 마침내 깨침의 노래, 즉 「오도송悟道頌」으로 하나의 집중성을 이룬다.

세상과 더불어 사는 것이
사람뿐인 줄 알았더니
오십줄에, 줄에 걸려 넘어지면서
나는 깨달았네

사람 눈에 사람 마음만 보고
사람 생각과 행동이
더욱 사람 되길 바랐더니
죽어서도 사람인 양
사람의 저승길만 찾을 게 뻔해

오십줄에, 줄줄이 길을 묻게끔
오늘은 오도송 한 줄로 빗금질 치네

—「오도송—산중문답 시편 22」 전문

결국 이 시에서 삶이란 줄에 걸려 넘어지고 깨지면서 깨달음을 얻는 일이며, 사람답게 사는 길을 찾아가는 구도의 길이며, 순례의 역정이라는 점을 말하고자 하는 것으로 보인다. 독을 깨뜨리고 나오는 일, 몸을 벗어나거나 구멍을 뛰어넘는 일이란 육체를 거슬러 올라 정신적인 삶, 자유에의 길을 지향하는 모습이 아닐 수 없다. 실상 베르그송H. Bergson도, 육체의 질곡, 운명의 굴레를 벗어나 투명한 정신에의 길의 상징성에 도달하는 것이 바로 가치 있는 삶, 자유에의 길이라고 말하지 않았던가. 실상 이 시에서 '줄'도 바로 이러한 인간의 육체성 또는 운명의 구속성을 뛰어넘고자 하는 자유에의 갈망을 드러낸 것이 아닐 수 없다.

바로 그것이다! 「산중문답」 연작시는 무자無字 화두 하나 챙겨 들고 살다 떠나가는 지상 위의 인간 존재 모습을 꿰뚫어 봄으로써 육체성의 초극, 즉 자유에의 길에 도달하려는 갈망과 의지를 노래한 것으로 볼 수 있다.

맺음말

이렇게 본다면 시집 『등신불 시편』의 전체적인 의미가 드러난다. 그것은 등신불과 소녀경이라는 화두를 통해서 몸을 거쳐 마음에 이르는 길을 탐구한 존재론의 시 또는 구도 시로서의 성격을 지닌다고 하겠다. 진정한 삶이란, 육신의 감옥, 운명의 질곡을 벗어나서 정신의 길, 자유의 길, 자유의 본질에 이르려는 노력과 고뇌를 의미한다. 그것은 몸에만 있는 것도, 그렇다고 정신에만 놓이는 것도 아니다. 몸과 마음이라는 경계 자체도 허물고 뛰어넘어, 몸과 마음의 변증법적 통일과 고양을 지향하는 초극에의 갈망이며 포월에의 의지인 것이다.

이 점에서 시집 『등신불 시편』은 지난번의 시집 『못에 관한 명상』의 연장선상에 놓이며 그 각론의 성격을 지닌다. 결국 그것은 삶이란 무엇이며 참 삶이란 어떠해야 하는가 하는 문제로 수렴된다. 나아가서 나란 무엇이며 참 나란 어떻게 존재하며 존재해야 하는가 하는 존재론적 질문으로 회귀한다.

이렇게 볼 때 시집 『등신불 시편』은 못 하나에서 삶과 세계, 우주를 바라보기 시작하던 시인의 눈과 정신이 구체적인 형상으로 전환되기 시작한 하나의 징표에 해당한다고 할 수 있다. 이러한 구도의 과정이 보여 주는 형이상적 깊이와 진지성은 요즘 방향성을 제대로 찾지 못하고 있는 우리 시에 하나의 소중한 귀감으로 작용할 것이 분명하다. 그러나 못의 시학이 사회학과 역사적 삶으로 확대되고 심화되어 가야 하듯이, 몸과 구멍의 철학도 더욱 확대되고 심화되어 감으로써 하나의 개성적인 문학사상 또는 시학을 형성해 나아가지 않으면 안 된다. 이 점에서 지난번 시집에서도 강조했듯이, 김 시인 특유의 풍자와 해학의 기법을 활용하면서 판소리나 탈춤대사, 한문 파자破字나 언문풍월 등 우리 고전 작품에서 풍부한 정신과 기법을 다양하게 발굴하는 것도 효과적인 한 방법이 될 수 있으리라. 내용의 깊이는 그에 걸맞은 방법론과 기법의 적극적인 계발을 통해 더욱 빛과 향기를 발할 수 있기 때문이다.

김종철 시인의 새 시집 상재를 축하하며 더욱 정진 있기를 희망한다.

—출처: 김종철 시집, 『등신불 시편』(2001)

「못의 귀향」 작품론

못과 밥, 또는
운명의 십자가를 위하여

1. 못의 귀향 또는 잃어버린 시간을 찾아서

김종철 시인의 제7시집 『못의 귀향』은 생애사 60여 년이라는 풍상 세월 속에서 이 세상 어느 곳에선가 못 박고 못에 찔고 또 못 뽑히면서 살아왔고, 또한 오늘도 하나의 못으로 이 풍진 세상에 고달프게 서서 살아가고 있는 60 소년 떠돌이 시인의 참회록에 해당한다. 아울러 회향回向의 지점에서 새롭게 시작되고 있는 남은 날의 삶에 대한 각오와 다짐에 대한 비장한 한 비망록으로서 의미를 지닌다. 말하자면 잃어버린 시간으로서 지난 유소년 시절, 어머니와 고향을 찾아서 돌아가는 귀향의 시이면서 동시에 갑년甲年을 넘기고 새로운 출발을 예감하고 기약하는 출항의 시로서 의미를 지닌다는 뜻이다.

어머니 태몽은 아직 끝나지 않았습니다
내 나이 이순, 몸 깊이 숨겨 둔
당신의 무지개가
저세상 잇는 다리로 다시 뜨는 날
나는 한 마리 학 되어
한 생애를 날아오를 것입니다

—「어머니의 장롱–초또마을 시편 2」 부분

귀향이란 무엇인가? 그것은 내가 태어난 시간과 자라난 공간으로서 고향으로 돌아가는 일이며 동시에 생명의 탯자리인 어머니에게로 돌아가는 일이 아니겠는가? 그러기에 귀향의 꿈은 동시에 새로운 출항으로서 다짐의 의미를 지니는 것이 분명하다. 인용 시에서 어머니와 태몽 그리고 학과 무지개의 상징체계가 그것을 말해 주는 것으로 해석되기 때문이다. 따라서 시집에는 어린 시절을 둘러싼 가족사와 삶의 풍정들이 다양하게 제시된다.

어머니 등에 업힌 나는

칭얼대면서 마실을 다녔습니다

가는 곳마다 손님 오셨다고 맞아 주었는데

상갓집에도 갔습니다

…(중략)…

마마 손님이 떠나간 것입니다

다행히 나는 목숨을 건졌고

빡빡 얽은 곰보도 면했지만

그 후 손님은 어머니 등에서 내려와

내 일생에 업혀 칭얼대며 따라다녔습니다

—「손님 오셨다-초또마을 시편 3」 부분

대가 끊기든 말든 모두 제 팔자거늘

지아비 빌려 주는 사람 어딨어!

—누가 들을라

…(중략)…

어머니는

착한지 바본지 알 수 없는 아버지를

이웃집 연장 빌려 주듯 덜컥

좋은 날 잡아 동침시킨 모양인데

하필 계집아이 태어날 게 뭡니까?

—「문고리 잡다–초또마을 시편 4」 부분

그러다 울고 보챌 때마다
다리 밑에서 주워 왔다고
불쌍해서 키운다고
온 가족이 깔깔깔거린 날
내 머릿속에는 밤새 잘 발라 먹은 닭뼈가
후드득후드득 못 소나기처럼 떨어졌습니다

—「장닭도 때로는 추억이다–초또마을 시편 5」 부분

유년 시절 어머니가 사 남매 키운 밑천은
국수장사였습니다/(……)
제때 팔리지 않은 날은
우리 식구 끼니도 되었습니다
내가 세상에서 가장 좋아하는 것은
불어 터진 국수입니다

—「국수–초또마을 시편 7」 부분

나는 울보입니다
그냥 우는 게 아니라 징징징 짜는 데

온 가족들 두 손 두 발 다 들었습니다

…(중략)…

돈 없다, 밥 없다, 색시 없다

어른 되어서도 징징징 매달렸습니다

하느님도 별수 없이 손발을 들고

—「울보 기도—초또마을 시편 14」 부분

밑에 깔린 형은 코피까지 흘렸습니다

짓눌린 까까머리통에

뾰쪽한 돌멩이가 못 박혀 있었습니다

어금니를 깨문 채 쏘옥 눈물만 뺀 형,

새야, 항복캐라, 마 졌다 캐라!

여섯 살배기 나는 울면서 외쳤습니다

—「마, 졌다 캐라—초또마을 시편 15」 부분

사람들은 한 번씩 초또를

좆도가 아니냐고 묻습니다

조또 아닌,

정말 좆도 아닌 것들이 까분다고

팔소매 걷고 흥분을 감추지 못하는

외삼촌 최망기님은 초또 명물입니다

—「외삼촌 최망기님–초또마을 시편 16」 부분

연작시 '초또마을 시편'을 관류하는 것은 온갖 간난과 역경으로 이어진 유소년 시절의 풍정이다. 거기에는 오줌싸개 추억부터 이복 여동생 얘기, 누나, 골목대장 형, 외삼촌, 일찍 가신 아버지 그리고 복태 아버지, 주팔이 등 동네 사람들, 도둑 얘기 등 온갖 살아가는 얘기들로 얼크러져 있다. 가난하지만 따스하고 구수한 유소년 시절의 고향 모습과 어머니를 중심으로 한 추억담이 아스라하게 펼쳐져 있는 모습이다. '나'의 어린 시절 얘기이면서 동시에 고향 마을 얘기이고 지난 시절 이 땅 서민들의 삶에 관한 이야기이다. 그런 점에서 개인사적 체험을 바탕으로 하고 있으면서도 사회사적 풍속사를 담고 있다는 점에서 보편성을 지니는 것으로 이해된다.

그렇지만 여기에서 말하고자 하는 것은 단지 유소년 시절의 정물화된 추억담이나 풍물 그 자체가 아니다. 그것보다는 가난하지만 순수함으로서의 동심과 인정 어린 삶의 풍정 속에 깃들어 있는 잃어버린 시간들에 대한 그리움이다. 지금은 없어졌지만 분명히 존재하고 있는 고향과 어머니, 그리고 동심에 대한 그리움의 힘, 추억의 힘이 바로 오늘날까지 고단한 삶을 밀어 주고 끌어 온 원동력이었다는 데 대한 깨달음이다. 아울러 이러한 잃어버린 시간에 대한 그리움의 힘, 깨달음의 힘이야말로 오늘의 삶을 앞으로 나아가게 하는 추동력으로 작용하고 있음을 알 수 있게 해 준다.

2. 어머니 또는 밥의 시학

이 '초또마을 시편'에서 가장 비중 있게 다루어지고 있는 것은 바로 '밥', 즉 먹을거리와 어머니에 대한 추억담 또는 사랑 고백이다.

나는 비빔밥을 좋아합니다 큰 양푼에 찬밥 넣고 시금치 콩나물 열무김치 고사리나물 부친 달걀 참기름을 따르고 붉은 고추장 푸욱 퍼서 비비셨던 어머니의 밥상, 숟가락으로 비비다 힘 부치면 둥둥 소매 걷고 맨손으로 훽훽 비빈, 큰 양푼에 빙 둘러 앉은 달무리 같은 우리도 날렵한 어머니 손놀림 따라 돌고 돌았습니다

세상 살다 보면 비빔밥만 한 아량보다 더 큰 사랑은 없습니다.
하느님도 세상을 이처럼 골고루 잘 비비진 못했습니다
오늘 어머니의 가난한 제사상에 모여 큰아들은 시금치 둘째는

콩나물 누나는 열무김치 막내인 나는 고사리나물 아아 그것들은
붉디붉은 고추장에 모두 하나같이 비벼져 입 째져라 큰 숟갈로
당신을 떠 넣습니다

—「비빔밥 만세–초또마을 시편 20」 전문

그렇다. 이 시에서 비빔밥으로서 밥과 그것을 잘 비비던 어머니는 하나의 등가물로서 의미를 지닌다. 온 가족이 함께 비벼 나누어 먹던 비빔밥은 바로 한 가족에게 사랑의 표상이며 화해와 협동의 상징이고, 나아가서 각자 상이한 개성과 특징을 지니면서도 하나로 어울려 살아갈 수밖에 없는 대동세상의 이치를 표상하는 것이 아닐 수 없다. 말하자면 화이부동和而不同이면서도 이동異同일 수밖에 없는 인간세상의 이치를 반영하면서 바로 그러한 화해와 협동의 중심에 어머니의 힘이 자리 잡고 있음을 제시한 것이 된다. 밥과 어머니는 과거에도 그러했듯이 60을 넘긴 오늘 시인의 삶에서도 여전히 중요한 현실적 추동력으로 작용하고 있음을 말해 준다는 뜻이 되겠다.

무엇보다도 이 시에서 주목할 것은 지상의 어머니와 천상의 하느님이 서로 상동관계 또는 등가로서의 상징성을 지닌다는 점이다. 생명을 유지시켜 주는 밥, 모두를 하나로 화해

하고 통일시켜 주는 비빔밥의 원리야말로 지상에서 어머니의 사랑 그리고 천상에선 하느님의 크신 사랑의 표상으로 해석할 수 있기 때문이다. 비빔밥이 바로 어머니 당신이고 당신의 큰 사랑임을, 그리고 나아가서 지상에서 펼쳐지는 하느님 당신의 은총이고 섭리임을 깨닫는 순간에 밥과 어머니가 등가인 것처럼 바로 어머니는 지상의 주主 하느님의 모습으로 다가온다는 뜻이 되겠다. "세상 살다 보면 비빔밥만 한 아량보다 더 큰 사랑은 없습니다/ 하느님도 세상을 이처럼 골고루 잘 비비진 못했습니다"란 구절 속에는 바로 이러한 지상에서 펼쳐지는 하느님의 사랑이 바로 어머니의 큰 사랑의 실천임을 말해 주는 것이 분명하다.

3. 못과 십자가 또는 운명의 거울

시집 『못의 귀향』의 특징은 어머니와 아내는 하나의 동심원을 이루는 중요 가치 축으로서 관계를 지니며 전개된다는 점이다. 말하자면 여성 또는 모성으로서 원형적 상징으로 기능하면서 과거의 삶과 오늘의 삶을 맺어 주고 이끌어 가는 상상력의 원천이자 현실적 추동력으로 작용한다는 뜻이 되겠다.

아내는 오늘도
도시락을 싸 가지고 출근합니다
이제나저제나 미덥지 않은 남편
입가에 붙은 꼿꼿한 밥알 같은
먹다 남은 반찬 냄새 같은
서툰 나의 처세를
아내는 자반고등어 한 손처럼
꼬옥 안아 줍니다
숟가락 젓가락 나란히 놓인
저녁 밥상 하늘 위로 나는 철새
우리는 함께 책장 넘기는 소리를 듣습니다
어쩌다 바람 부는 날에는
헐거워진 문짝 고치다
자주 제 손등 찧는 못난 나를
아내는 꿈속에서도 도시락 싸듯 달려옵니다

—「도시락 일기」 전문

먼저 이 시에서 어머니와 아내는 비빔밥과 도시락, 즉 밥을 매개로 하여 하나로 연결된다. 두 여성이 밥을 구심점으로 하여 시의 화자에게 하나의 동심원을 그리며 통일되고 합치되는 것이다.

밥이란 무엇이던가? 그것은 말대로 육신을 이끌어 가게 하는 실체적 에너지원이고 원동력 그 자체가 아니던가. 그러기에 그것은 바로 생명이고 목숨을 의미하는 것이고 동시에 희생, 헌신, 용서이면서 슬픔이고 고통이며 땀이며 눈물, 그리고 나아가서 희망이고 사랑과 구원의 상징에 해당한다. 밥이 육신의 에너지라면 사랑은 정신의 에너지로서 상동 관계를 지닌다. 여기에서 어머니와 아내의 의미가 드러난다.

어머니는 과거 '나'의 생명의 고향이면서 삶을 살아가게 하는 원천으로 작용해 왔고 오늘까지도 끊임없는 구원의 표상으로 작용하고 있다. 마찬가지로 아내 또한 어머니에 이어서 오늘날 내 삶의 밑바탕이 돼 주고 실존을 이끌어 가는 현실적인 추동력으로 작용하고 있는 것이다. 그의 시집에서 아버지는 거의 비중을 차지하지 못하고 어머니와 아내가 중심축을 이루는 것을 보면 시인의 상상력이 이른바 여성 편향 female complex에 연원하는 것이 아닌가 받아들여진다. 일찍 돌아가신 아버지 대신 어머니는 가난한 집안에서 아버지의 대리 표상이자 현실적인 기둥으로서 의미를 지니고 전개돼 왔기 때문에 김종철 시인의 시 세계 전체를 관류하는 상징이자 현실이 된다는 뜻이다. 바로 여기에서 못과 십자가가 새로운 의미를 지니며 다가오게 된다.

신혼 시절 가끔 부부 싸움을 하였습니다
그때마다 아내는
나를 자신의 십자가라고 했습니다
남몰래 울기도 했다 합니다
나는 오래도록 잊지 않았습니다

이제는 환갑에 이른 내가
아내의 십자가에서 내려갈 차례가 되었습니다
개밥바라기별이 뜰 때까지
망치 든 자는 못대가리만 보고 있습니다
저무는 당신의 강가에는
아직 세례자 요한이 오질 않았습니다

—「아내의 십자가」 전문

어머니의 또 다른 분신인 아내는 어머니가 나에게 사랑을 주기만 하는 일방적 존재였던 데 비해 아내는 나에게 하나의 현실적인 못이자 운명의 십자가로서 상징성을 지니며 다가온다. 아내는 어머니 사랑의 모성적 속성을 바탕으로 하면서도 그와 다른 현실성을 지닌다. 그것은 어머니처럼 일방적인 사랑과 용서가 아니라 대등한 위치에서 서로가 서로에게 짐이 되는 동시에 힘이 되는 못과 십자가의 모습으로 받아들여지고 있는 것이다. 말하자면 아내는 원죄이면서 운명의 짐이자 굴레이고 동시에 구속救贖이고 구원의 표상에 해당한다는 뜻이다. 못이 그러한 것처럼 십자가도 운명의 저울이면서 실존의 거울이라는 점에서 못과 십자가는 어머니와 아내처럼 모든 인간에게 특히 김 시인에게 운명의 십자가이자 존재의 거울로서 작용한다는 뜻이다.

4. 지상의 척도, 천상의 척도

한편 시집에는 대지에 발을 딛고 이 세상을 살아가는 것으로서 지상의 척도와 그것을 넘어서서 정신과 영혼의 세계를 지향하는 천상의 척도가 지속적으로 대응되며 전개되고 있어 관심을 환기한다. 다시 말해 육체적 삶, 운명과 구속의 삶으로서 인간의 굴레, 즉 지상의 척도와 정신의 자유, 신의 질서를 지향하는 하늘의 척도가 서로 갈등하며 조화를 이루는 데서 김종철 시의 미학적 긴장 체계가 형성되고 사상적 넓이와 깊이가 담보될 수 있다는 점이다.

① 이제야 알 것 같습니다

아무짝 쓸모없는 놈이라고

손가락질 받았던

개구쟁이 어린 시절

버림받은 귀퉁이돌보다

더 모질고 더 하찮았던,

그리하여

환갑 진갑 지나는

순례의 첫 밤

그 첫날밤의 꼭두새벽

두 딸년이 마련해 준 여비로

일생의 꿈 마무리하듯 기도하다가

손에 불 덴 아이처럼 쩔쩔매는

노인네를 보게 되었는데

그 굽은 못대가리가

바로 나였다니!

떠벌리고 우쭐거렸던 저놈,

게 눈 감추듯 딴전 부리는 저놈,

교활하게 둘러대고 허세 부리는 저놈,

꼬깃꼬깃 쌈짓돈 감추듯 드러내지 않는 저놈

주여! 오늘밤 모조리 불러다가 몽둥이로 패 주소서

태중에 조선간장 먹고도 잘도 버텼던

새까만 개똥밭에 그놈이

환갑 진갑 다 지나는 꼭두새벽

오, 이제는 제법 여러 놈까지 데불고 나타났습니다

—「개똥밭을 뒹굴며–순례 시편 5」 전문

② 당신을 찾아갑니다

순례 지팡이를 짚으며

졸면서도 기도하는

별들의 길을 좇아

사랑과 용서와 꿈으로

올리브 잎 한 장 가린

당신의 별 하나

비록 함께 깨어 있지 않아도

형제여, 축복이 있으리라

—「별–순례 시편 1」 전문

이 두 편의 시에는 하늘과 땅의 변증법적 갈등과 화해 속에서 인간의 삶, 시인의 삶이 형성되고 전개된다는 사실에 대한 인식이 제시돼 있다.

먼저 시 ①에서는 지상에서의 고달팠던 삶이 '개똥밭을 뒹굴며'라는 비유와 상징으로 나타난다. 지난날 어린 시절로 돌아가서 바라보는 '나'의 삶이란 "아무짝 쓸모없는 놈이라고/ 손가락질 받았던/ 개구쟁이 어린 시절/ 버림받은 귀퉁이돌보다/ 더 모질고 더 하찮았던" 모습이다. 그만큼 귀향이란 지난 시절로 돌아가서 그때의 초라했던 모습을 반추하면서 그 속에서 삶의 어려움과 고달픔 그리고 세상으로부터의 소외감과 박탈감을 돌이켜보는 의미를 지닌다. 동시에 그것은 오늘의 삶으로 회향됨으로써 여전히 지상에서 삶이 고달프고 힘든 것이라는 인식을 드러낸다. "그리하여/ 환갑 진갑 지나는/ 순례의 첫 밤/ 그 첫날밤의 꼭두새벽/ 두 딸년이 마련해 준 여비로/ 일생의 꿈 마무리하듯 기도하다가/ 손에 불 덴 아이처럼 쩔쩔매는/ 노인네를 보게 되었는데"라는 구절 속에는 바로 이러한 비관적인 현실 인식 또는 비극적인 생의 인식에 따르는 자아 발견의 모습이 제시돼 있는 것으로 이해된다.

바로 이 지점에서 스스로의 삶, 지상에서의 고통스러운 육체적 삶의 질곡에 대한 반성적 성찰이 제시된다. 그것은 "떠벌리고 우쭐거렸던 저놈,/ 게 눈 감추듯 딴전 부리는 저놈,/ 교활하게 둘러대고 허세 부리는 저놈,/ 꼬깃꼬깃 쌈짓돈 감추듯 드러내지 않는 저놈,/ 주여! 오늘 밤 모조리 불러다가 몽둥이로 패 주소서"라는 구절 속에는 속 아픈 생의 발견과 그에 따른 통회와 참회의 심정이 표출돼 있는 것이다. 그러면서도 "태중에 조선간장 먹고도 잘도 버텼던/ 새까만 개똥밭의 그놈이/ 환갑 진갑 지나는 꼭두새벽/ 오, 이제는 제법 여러 놈까지 데불고 나타났습니다"와 같이 지난날의 쓰리던 삶의 질곡과 고통이 온갖 미망과 혼돈, 역경과 수난을 겪고 난 다음 나름대로 생의 상승을 성취해 낸 모습으로 형상화돼 있다.

특히 이 시는 과거와 현재, 그리고 미래까지도 함께 어울려 투영되면서 온갖 간난과 역경을 헤쳐 내고 나름대로 삶의 성취를 이루어 낸 모습으로서 비극적 환희 또는 고달프지만 보람 있는 인간 승리에 대한 확신을 담고 있어서 주목을 끈다. 다시 말해 '주主여!'라는 어구 속에는 지상에서의 고통스러운 삶을 드러내면서도 그러한 지상의 척도가 신의 척도로 상승되면서 세속사와 인간사가 하늘의 척도 신성사로 이끌어 올려가고 싶다는 염원과 갈망을 담고 있는 것으로 해석된다는 점에서 유의미하다. 다시 말해 지상의 척도와 천상의 척도가 날카로이 부딪치는 순간에 내뱉게 되는 비극적 황홀이 바로 '주여!'라는 외마디 말에 담겨 있다는 뜻이 되겠다.

이 점에서 시 ②에는 연작시 '순례 시편'의 종합적 의미가 드러난다. 그것은 바로 지상의 척도에서 천상의 척도로 상승돼 가고자 하는 정신적인 갈망과 염원을 반영한다. "당신을 찾아갑니다/ 순례 지팡이를 짚으며/ 졸면서도 기도하는/ 별들의 길을 좇아"라는 구절이 그것이다. 그러기에 마침내 "사랑과 용서와 꿈으로/ 올리브 잎 한 장 가린/ 당신의 별 하나"의 경지에 이르게 됨으로써 지상의 척도가 천상의 척도, 인간의 질서가 신의 질서로 상승돼 가게 되는 것이다. 따라서 "비록 함께 깨어 있지 않아도/ 형제여, 축복이 있으리라"라는 결구처럼 신의 섭리와 은총 속에서 만인에 대한 축복을 기원하게 될 수 있게 됨은 물론이다.

이렇게 본다면 이 '순례 시편'들에는 반성과 참회를 통해 마침내 스스로 용서와 사랑을 발견해 내고 마침내 축복으로 나아가게 되는 오늘날 시인의 초상이 성공적으로 그려진 것으로 이해할 수 있겠다. 지상의 온갖 구속과 질곡을 넘어서 천상의 척도와 화응되고 교감되는 지상에서의 삶의 양식이 비교적 성공적으로 형상화돼 있다는 뜻이다.

5. 못의 귀향, 시와 삶의 회향

이렇게 본다면 못의 귀향은 과거로 돌아가는 것이면서 동시에 오늘의 나, '참 나'로 회귀하는 것임을 알 수 있다. 아무짝도 쓸모없이 보이던 놈이 환갑 진갑 지난 노인네로 존재의 전환을 이루면서 과거로의 귀향에서 다시 오늘의 삶으로 회향하는 모습으로 진전하게 되는 까닭이다.

① 내 나이 스무 살 되던 해 음력 정월 초하룻날 미당 선생 댁에 세배 갔다가 저녁 늦도록 미당 술잔 따라 뱅뱅 돌다가 취한 배의 보들레르 같은 까만 전화기, 60년대 재산목록 일 순위인 검정 전화기 구멍에 스윽쓰윽 손가락 넣어 돌리고 또 돌리더니
"……어떤가, 쓸 만한 놈이니, 그래그래 알았네.
이보게 동리 전화 받아 보게."
황급히 나는 전화기 끌어안고 연신 머리 조아리며
"……네, 네엣, 넷. 감사합니다."
그렇게 당신 목소리로 먼저 만났지요 한 번도 뵌 적 없는, 돈 없어 대학 포기한 나에게 선생은 쾌히 장학 혜택을 주겠다는 말씀이었지요
그해 겨울 미당의 공덕동 흰 눈 보이듯, 동리 선생 10주기 마감

이틀 앞두고 추모 시 쓰라는 청탁 전화가 왔습니다 누가 원고 펑

크 냈는지 거절하기 어렵게 되었습니다

—네에, 넷, 네에. 감사합니다.

내 나이 당신과 같은 환갑에 맞은 복된 일이었습니다

—「복되도다」 전문

② 장자도 말했고 공자도 말했고 40여 년 전

미아리 낡은 강의실에서 목월도 말했고 미당도

말했고 김구용도 학생들에게 담배를 빌려 피우며

말했고 소설 창작을 가르치던 동리도 불쑥 한마디

했던 그것!

오늘은 나도 한마디할란다, 똥이야!

—「시가 무어냐고?」 전문

③ 나는 망치다!

순간

앞이 캄캄해졌다

머리통이 박살 났다

숨 가쁘게 오른 고산에서

비로소 만날 수 있는

박살 난

못과 망치꽃

—「망치꽃」 전문

이 세 편의 시에는 시인의 과거와 현재 그리고 미래의 삶과 시가 하나로 원형회귀를 이루고 있음을 볼 수 있다.

먼저 시 ①은 돈이 없어 대학 진학을 포기했던 시의 화자가 미당과 동리라는 당대 문단의 거목들과의 운명적 만남을 통해 삶과 시의 길로 들어섰다는 사실을 통해 인생이 운명과 자유 그리고 우연의 인과 관계 속에서 전개된다는 점을 제시한다. 미당과의 만남이 동리로 연결되고 다시 이 만남을 계기로 시를 통한 삶의 길이 마련되고 오늘날의 삶으로 연결될 수 있었음을 고백하면서 그러한 만남의 은총과 섭리에 대해 감사하는 뜻을 드러내고 있는 것이다.

시 ②에서 그것은 시의 의미에 대한 깨달음으로 제시된다. "오늘은 나도 한마디할란다, 똥이야!"라는 시니컬한 결구 속에는 시가 바로 밥이 될 수 있다는 역설을 통해 시의 의미를 강조하여 주목을 끈다. 사실 똥이란 바로 그 원인으로서 밥을 의미하는 것이고 그것은 결국 삶이고 생명 그 자체라는 뜻이 되지 않겠는가. 말하자면 시는 밥과 마찬가지로 시인 자신에게 삶의 원인이고 과정이며 결과라는 데 대한 날카로운 통찰이 담겨 있다는 뜻이다.

그러기에 그것은 시 ③에서 "나는 망치다"라는 돌발적인 선언으로 나타난다. 내내 못이고 못이 될 수밖에 없었던 그의 생애가 망치로 코페르니쿠스적 전환을 이루게 된다는 뜻이다. "숨 가쁘게 오른 고산에서/ 비로소 만날 수 있는/ 박살 난/ 못과 망치꽃"이라는 결구 속에는 이른바 불가에서 말하는 살불살조殺佛殺祖, 즉 깨뜨림으로써 새롭게 세상을 바라보고 시와 삶을 살아가고 싶다는 치열한 열망이 역설적으로 제시된 것으로 이해되기 때문이다. "박살 난 못과 망치꽃"이란 마치 시 ②에서 시가 바로 밥이며 똥이라는 내포와 상통하는 것이 아닐 수 없다. 밥과 똥, 그리고 못과 망치라는 일견 모순되는 것들이 사실은 모든 것의 원인과 결과, 또는 시작과 끝이라는 양면성, 양극성의 대립과 조응 속에서 하나로 귀일되고 상승과 초월을 이루어 내는 것이라는 데 대한 깨달음과 확신을 담고 있다는 뜻이다.

따라서 이 시편들은 바로 시인에게 시가 바로 삶이며 삶의 의미 또한 시를 통해 전개돼 왔고 앞으로도 그렇게 전개될 것이라는 확신과 염원을 담고 있는 모습이라고 하겠다. 이 점에서 시인에게 못의 귀향이란 바로 못의 회향을 의미하는 것이 분명하다. 결국 못의 귀향은 유년의 고향으로 돌아가는 일이며 동시에 오늘의 현실로 돌아오는 일이고 진정한 나, 참 나로서 과거와 현재를 살아가고자 하는 열망의 표현이라는 뜻이다.

6. 참회와 부활을 향하여

이렇게 본다면 『못의 귀향』이란 그것이 옛날의 고향으로 돌아가고자 하는 과거 지향이 아니라는 것을 알게 된다. 오히려 과거의 거울로 오늘의 삶과 시를 비춰 보고자 하는 계시적 갈망의 표출이며, 동시에 남은 날의 삶, 내일의 삶을 마지막까지 의미 있게 살고 싶다고 하는 염원의 반영이 아닐 수 없다고 하겠다. 이 점에서 다음 두 시는 시인의 정신적 현주소를 선명히 보여 주는 것으로 이해된다.

요즘은 이 닦는 법을 다시 배웁니다
하루 세 번 삼종기도처럼
아침에 닦는 칫솔질은
성부와 성자와 성령의 이름으로
온종일 해 둘 말과 생각을 구석구석 닦습니다

점심때 닦는 칫솔질은

생각 없이 불쑥 튀어나온 독설과

이빨 사이 낀 악담을 닦고 파냅니다

어쩌다 부러진 이쑤시개의 분노와 마주칠 때는

이내 거품을 물고 있는 후회로

양치질을 한 번 더 해 둡니다

잠들 때 닦는 칫솔질은

하루 종일 씹고 내뱉은 죽은 언어의

껍질을 헹구어 내고

생쥐같이 몰래 들락거렸던 당신의

곳간에 경배 드리는 일입니다

하루의 재앙이 목구멍에서 나온 것을,

때늦은 반성문 같은 졸린 칫솔로

못의 혓바닥까지 박박 긁어냅니다

—「칫솔질을 하며」 전문

부활은 찐 달걀입니다

달걀 껍데기에 그려진 어린 별입니다

부활은 성냥개비입니다

마지막 한 개비에 불사른 캄캄한 기도입니다

부활은 하루살이입니다
하루의 천 년을 보고 투신한 오늘입니다
부활은 울리는 종입니다
오래도록 우는 것은
비어 있는 것들의 노래입니다
부활은 알이 낳은 닭의 날입니다
세 번 운 닭 모가지 비튼
새벽이 잔칫상 받으라 합니다
부활은 못 박고 못 빼는 일입니다
한 몸에 구멍 난 천국과 지옥
몸 바꾼 당신이 소풍 가는 날입니다

—「못의 부활」 전문

한마디로 요약해서 그것은 속죄와 참회를 통해 부활과 신생으로 나아가고자 하는 열망과 나아가고 싶다는 염원의 반영이고 표출이라고 할 수 있다.

앞의 시에서 하루 세 번 하는 칫솔질의 상징이 그것이고, 뒤의 시에서 "부활은 못 박고 못 빼는 일입니다"라는 메시지가 그것이다. '칫솔질'이란 "성부와 성자와 성령의 이름으로/ 온종일 해 둘 말과 생각을 구석구석 닦"는 일이고, "때늦은 반성문 같은 졸린 칫솔로/ 못의 혓바닥까지 박박 긁어냅니다"와 같이 끊임없이 삶을 되돌아보면서 속죄하고 참회하는 일을 의미한다. 아울러 "못 박고 못 빼는 일"로서 부활이란 새로운 삶에 대한 부활 의지, 신생의 의지를 표상하는 것이 아닌가 한다.

다시 말해서 사는 일이란 바로 하루하루 깨어나고 잠드는 일처럼 못 박고 못 빼는 일의 반복 과정이며 이별과 만남, 죽음과 부활로 이어지는 과정의 연속이라는 뜻이다. 그러기에 그것은 전체적인 면에서 지옥과 천국이 함께 펼쳐지는 지상에서의 일이며 동시에 하늘에서의 일이 아닐 수 없다고 하겠다. 그래선지 지금도 달려가고 있는 밤기차의 기적 소리가 유난히 크게 울려옴을 듣는다.

기차는 밤새도록 달렸습니다
덜컹대는 침대칸의 흐린 불빛
얇은 요 한 장에 돌아누운
낯선 순례꾼의 잠꼬대
이 밤 우리가 찾는 것은
녹슨 양심을 벼리는 숫돌이고
당신의 발밑에 놓을 기도의 머릿돌이었습니다

하지만 자리를 털고 일어나는 것은
단 한 번도 멈추지 못했던
내 욕망의 기차가 마주 달려올 줄이야
저 모순투성이의 철로에
내 전 생애를 낮은 포복으로 기어 오던
오, 그토록 애써 외면했던
바로 네놈까지!

새벽안개 속에

흰 수증기를 내뿜는 기적 소리는
귓전에 울어 쌓이는데

—「밤기차를 타고–초또마을 시편 1」 부분

폐일언蔽一言하고, 이번 시집 『못의 귀향』은 '진정한 나'로서의 귀향이면서 동시에 새로운 나, '참 나'를 향한 전진의 첫 걸음이 분명하다. 새 시집 『못의 귀향』에서 새롭게 제2의 인생을 시작하는 김 시인과 가정의 앞날에 건강과 행복이 함께 하길 축원한다.

—출처: 김종철 시집, 『못의 귀향』(2008)

「못의 사회학」 작품론

절망의 묵시록 또는 희망의 계시록을 위하여

시인 김종철은 1992년 시집 『못에 관한 명상』 이래로 『등신불 시편』 및 『못의 귀향』이라는 일련의 못 연작시를 집중적으로 발표함으로써 못 하나로 자신의 삶을 성찰하면서 사회와 역사, 세계와 우주의 원리와 이치를 꿰뚫어 보는 집중 작업을 전개함으로써 이른바 '못의 시인', '못 전문 시인', 또는 '철물점 시인'이라는 애칭으로 불리기도 하면서 못의 시학을 천착해 온 현대시 사상 특유의 개성적이면서도 깊이 있는 철학과 예술성의 조화를 획득한 시인으로 평가되고 회자돼 왔다.

그러한 못의 대가 시인인 김 시인이 이번에 다시 네 번째 못 연작 시집인 『못의 사회학』을 상재하는 것은 그의 개인 시사에서도 그렇지만 우리 현대 시사에서도 이채롭고 독보적인 것이 아닐 수 없다고 하겠다.

첫 연작시집 『못에 관한 명상』이 못의 시학을 열면서 앞으로의 방향성을 예시해 준 의미 있는 작품이라면, 두 번째 『등신불 시편』은 불교적인 색채와 '구멍의 시학'이라는 점에서 앞의 기독교적 세계관과 못의 시학과 대조되기는 하지만 오히려 암수雌雄 또는 요철凹凸로서 하나의 짝 또는 상응 관계를 이루면서 음양의 통섭론 내지 조화의 시학을 성취했다는 점에서 주목을 요한다. 2001년 제13회 정지용문학상 수상이 그러한 평가의 한 표현임은 물론이라 하겠다. 다시 세 번째 못 연작 시집인 『못의 귀향』은 고향 회귀 또는 반본환원返本還源으로서 못의 존재론을 더욱 확대하고 심화해 주었다는 점에서 역시 주목에 값한다.

그런데 이번에 상재하는 못 연작 시집 『못의 사회학』은 그러한 존재론적 탐구와 못의 시학이 하나의 못의 관계학으로 발전하면서 자유와 평등의 정신, 죄와 참회, 용서와 사랑의 정신을 확대하고 심화하면서 그의 시 세계가 구원으로 열려 가는 한 절정 또는 전환점을 보여 주고 있다는 점에서 관심을 환기한다.

1. '못의 시학' 또는 '못의 사회학'을 위하여

이번 시집은 김종철 시인이 지속적으로 탐구해 온 못 연작시의 네 번째 작업이자 하나의 성과에 해당한다. 이 시집은 첫 시집 『못에 관한 명상』에서 시작되어 이것과 암수 한 짝을 이루는 것으로 볼 수 있는 두 번째 시집 『등신불 시편』, 그리고 세 번째 시집 『못의 귀향』에 이어 네 번째 간행되는 못 연작 시집이며 동시에 못 연작시가 '못의 시학'으로서 하나의 체계를 형성하고 있으며, 또한 논리와 방법론을 확립하게 됨으로써 '못의 사회학'을 정립한 것으로 판단되기 때문이다.

이 시집은 먼저 못을 노래하는 몇 가지 방식, 즉 못의 형상화 방식을 제시하고 있어 관심을 환기한다. 먼저 그것은 못이라는 구체적인 사물을 가지고 노래하는 명시적 못의 표현 방법과 못 없이 못을 노래하는 암유적 못의 형식으로 대별된다. 전자가 못의 현상학적 탐구라 하면 후자는 못에 관한 존재론적 탐구 또는 본질적 탐구라고 볼 수 있겠다. 이것을 달리 말해 본다면, 구체적인 못의 형상으로써 다양한 삶의 국면을 노래하는 실존의 못과 은유와 암유로써 삶의 본질을 파고들어 형상화하는 상징의 못으로 구분해 볼 수도 있겠다. 달리 말해 육체의 못과 정신의 못이라고 불러 볼 수 있음은 물론이다.

주제론적인 면에서, 이번 시집에 이르러 시인은 '못이란 무엇인가'라는 화두를 통해서 궁극적으로 삶이란 무엇인가를 묻는 것으로 정리할 수 있다. 못이란 무엇인가 묻는 일은 결국 보이는 것으로서 못의 세계와 보이지 않고 숨어 있는 못으로서 삶의 현상과 본질을 탐구하려 시도하고 있는 것으로 이해되기 때문이다. 못의 다양한 생김새와 쓰임새에 대한 탐구는 결국 삶의 여러 방식과 존재 양상 및 그 의미를 묻는 일로 귀결된다는 점에서 그러하다.

개인의 삶은 다양한 육신의 구성 요소와 조직, 즉 수많은 못으로 이루어지는 못의 공동체이며, 사회 역시 수많은 종류의 인간과 그 연쇄 및 체계로 이루어지는 사회 공동체이기에 개인과 사회, 국가와 인류는 하나의 거대한 못의 연쇄 및 조직 체계로 이루어져 유기적으로 운행돼 가는 하나의 못 공동체를 형성하고, 마침내 못 사회학의 완성을 향해 나아가는 것으로 판단되기 때문이다. 다시 말해 인간 사회는 하나의 조직적인 못 공동체를 이루어 가면서 인류사적 측면으로 확대·심화되어 거대한 못의 사회학 또는 못의 역사학이라는 계보를 완성해 나가는 과정으로 이해될 수 있다는 뜻이다. 이 점에서 우리는 이번 시집이 김종철 '못의 시학'이 '못의 사회학'으로서 상승되는 하나의 정점이자 귀결점을 향한 전력 질주임을 이해하게 된다.

2. 못을 노래하는 몇 가지 방식

이번 시집에서는 전체 시의 대주제로서 못을 노래하되 대체로 세 가지 방식을 취하고 있음을 보게 된다. 그것은 못을 명시적으로 노래하는 방법과 그와 달리 묵시적·암시적으로 형상화하는 방법, 그리고 두 가지를 절충하는 방식이다.

대패질을 한다
결 따라 부드럽게 말려 오르는
밥은 밥인데 못 먹는 밥
당신의 대팻밥
죽은 나무의 허기진 하루
등 굽은 매형의 숫돌 위에
푸르게 날 선 눈물이
대팻날을 간다

자주 갈아 끼우는 분노의 날 선 앞니

이빨 없는 불평은

결코 물어뜯지 못한다

먹어도 먹어도 배부르지 않는

대팻밥을 뱉으며

가래침 같은 세상을 뱉으며

목수는 거친 나뭇결을 탓하지 않는다

시시비비

입은 가볍고

혓바닥만 기름진 세상

먹여도 먹여도 헛배 타령하는

대패질은 자기착취다

비껴온 세상의 결 따라

날마다 소멸되는 나사렛 사람

나의 목수는 밥에서 해방된 천민이다

—「대팻밥–못의 사회학 3」 전문

먼저 이 시는 김종철 못 시학의 근본 방법과 원리로서 못을 박고 빼는 일이 제시된다. 『못에 관한 명상』의 첫 시 「고백성사」가 전체 주제를 못 박고 빼는 일로서 제시한 것을 반복

변주하는 모습을 통해 못 시학이 하나의 논리를 마련하고 체계를 확보하고 있음을 말해 주는 것으로 이해된다.

그것을 요약한다면 못 시학이 결국은 삶이란 무엇인가 하는 명제로 수렴된다. 삶을 어떻게 의미 있게 살 것이며 어떤 것이 가치 있는 삶인가 하는 데 대한 다양하면서도 깊이 있는 성찰과 모색을 전개하고 있는 까닭이다.

먼저 이 시에서 그러한 탐구와 성찰은 대팻밥, 즉 목수의 삶과 그 행위로서 제시된다. 목수의 한평생은 못 박고 빼는 일로서 집을 짓는 일 또는 가구를 만드는 일이라 정리해 볼 수 있다. 가구 제작과 가옥 건축 및 그 해체는 그대로 삶의 과정을 대유하는 것으로 풀이할 수 있지 않은가? 그것은 그대로 한 인간이 살아 나가는 과정 및 도시가 건설되고 사회, 국가, 세계가 이루어져 가는 모습과 상징적인 암유 관계를 형성하기 때문이다.

그러나 좀 더 근원적인 목수 행위의 동인을 살펴보면 그것이 그대로 직접, 즉 밥을 벌기 위한 노동 행위이며, 더 나아가서 자아실현을 위한 존재 행위 그 자체로서 의미를 지닌다는 점을 알 수 있게 된다. 바로 여기에서 못은 몸과 일, 밥으로 연결되고 다시 삶과 상등 관계를 이루게 되는 것이다. 못과 몸과 밥과 삶은 근원적인 면에서 하나의 동심원을 그리게 된다는 뜻이다.

그러기에 삶이란 밥을 벌기 위한 노력과 투쟁의 연속이며 그것은 몸과 일을 통해 하나의 사회적 관계학을 이루어 나아가게 된다. 따라서 사회 역시 밥을 둘러싼 대립과 갈등, 분열과 통합의 과정에 다름 아님을 확인할 수 있게 되는 것이다.

다시 말해 삶이란 목구멍으로 표상되는 밥, 즉 못의 연쇄체계에 해당하며 이를 통해서 개인의 삶이 이루어지고 사회관계가 확장돼 갈 수 있다는 뜻이다. 개인의 실존적 삶뿐만 아니라 그것들의 연쇄가 이루는 집단, 사회, 민족, 국가, 인류, 역사도 그러한 낱낱의 못으로서 삶의 연장이자 확대이고 심화 과정에 다름 아닌 것이 분명하다. 이 점에서 이 시집이 지향하는 것이 바로 실존적 삶에 대한 성찰로서 의미를 확보하게 되는 것이면서 동시에, 시적 보편성을 획득하게 되는 소이연으로 작용한다.

이러한 못의 사회학은 연작시로서 하나의 명시적 관계 질서를 이루기도 하지만 두 번째로 그것이 명시되지 않고 암유적인 상징체계를 형성·전개됨으로써 역사적 의미망을 획득하기도 한다.

지금도 논산훈련소에는 눈물고개 있는지 몰라

그 빤질빤질한 고개가 눈물로 다 닳아
작대기 군번 가진 남정네 무르팍
이제는 추억으로 헐어 있을지 몰라

신병 사격 훈련장에는
언제나 전설 같은 눈물고개가 따라다녔다
엎드려, 일어서, 동작 봐!
다시 엎드려 일어서, 엎드려 일어서
불발탄처럼 잽싸지 못하다고
신병들을 뺀질나게 돌린 저 눈물고개
외눈으로 정조준해서 방아쇠 당기면
남의 과녁에 박히는 실탄 자국
군기 빠졌다고 정신 줄 놓았다고
선착순 뛰게 한 눈물고개
그렇게 수십 바퀴 돌고 나면
아무도 그쪽으로 오줌 누지 않았다

—「눈물고개」 부분

이 시에서 논산훈련소는 사회성·역사성을 지닌 실제의 장소이지만 동시에 이 땅에서 '작대기 군번을 가진 남정네'들에게는 고통과 눈물이 아로새겨진 삶의 상징 공간이기도 하다. 특히 눈물고개는 젊은 병사들이 필사적으로 넘어서야 하는 운명의 고개로서 수난과 절망의 역사적 상징성을 지니는 것이 분명하다.

말하자면 논산훈련소와 눈물고개는 마치 '아리랑 고개'처럼 한민족의 애환이 물결치는 역사의 공간이면서 온갖 고통과 절망이 아로새겨져 있는 실존의 못으로서 상징성을 지닌다고 하겠다. 사회학이라거나 역사 공간성을 명시적으로 드러내고 있는 것은 아니지만 그 속에는 분명 개인적인 슬픔과 한의 못, 역사적 시련과 수난의 대못이 박혀 있음이 분명하기 때문이다.

순례에 올랐다
가장 추운 날
적막한 빈집에
큰 못 하나 질러놓고
헐벗은 등에
눈에 밟히는 손자 한번 업어보고

돌아가신 어머니도 업어보고

북망산 칠성판 판판마다

떠도는

나는 나는 나는

못대가리가 없는 별

못대가리가 꺾인 별

못대가리가 둥글넓적한 별

못대가리가 고리 모양인 별

못대가리가 길쭉한 별

못대가리가 양 끝에 둘인 별

이 모두가

나 죽은 뒤 나로 살아갈 놈들이라니!

—「나 죽은 뒤」 전문

세 번째 못의 형상화 방법은 앞의 두 가지, 즉 명시적 못과 암유적 못을 하나로 통섭하여 상징적 못으로 연결하는 경우가 이에 해당한다. 말하자면 삶과 죽음이라는 생의 원형적 양면성을 지상의 못과 하늘의 별을 하나로 연결함으로써 생과 사를 동시에 꿰뚫어 보고자 하는 이 시의 시도가 여기에 속한다 할 것이다. 이 시에서 보듯이 삶이란 하나의 순례로서 상징성을 지닌다. 그러기에 시간적인 면에서나 공간적인 면에서 연속성과 연결성, 즉 다양한 모습과 쓰임새로서 변주되면서 한 생애를 살아가기 마련이다. 삶 자체가 만나고 헤어지는 과정이자 길 떠나고 돌아오는 일의 되풀이이고 나아가서 이승과 저승을 오가는, 나고 죽는 무수한 반복과 연쇄체계로 구성되고 전개돼 가는 것이기 때문이다.

이렇게 본다면 못의 사회학이란 다양한 못의 생김새와 쓰임새를 통해 인간 사회가 온갖 개성의 표현이면서 동시에 하나의 공동체로서 사회학적 체계의 한 부분이라는 사실을 섬세하게 통찰해 낸 의미 있는 작업이라고 볼 수 있겠다. 인간존재는 단독자이면서 동시에 통시적, 공시적 상관관계와 상징체계를 형성하며 살아간다는 뜻이다.

3. 못의 다양성과 인간 사회학의 상동 관계

이번 시집에는 다양한 못의 생김새와 그 이상으로 활용되는 못의 쓰임새가 제시되고 있어 관심을 환기한다. 말하자면 여러 가지로 만들어진 못의 다양성과 그 고유의 용도 및 쓰임새가 적극 활용됨으로써 못에 관한 탐구가 형태적인 면에서

뿐만 아니라 기능적인 면에서 넓고 깊게 이루어지고 있음을 말해 준다.

① 내가 내 곁에 처음 누운 밤이다
수도원의 돌쩌귀는
암짝과 수짝으로 따로 누워
바람 센 문짝을 잡아주었다
그 밤이 말했다
세상의 고리못은 닭 모가지 잡듯
비틀어 잡으라고

—「돌쩌귀 고리못에 대하여」 부분

② 등잔 밑은 어둡다
세상 틈새를 잡기 위해
걸쳐 박은 거멀못
이 시대 가장 캄캄한 별로 떠 있는 날
한번 무릎 꿇어본 자라면
맨 끝줄에 선 그를 알아볼 것이다

—「거멀못에 대하여」 부분

③ 무두정은 대가리가 없다

박힌 몸이 돌출되지 않고 묻히므로

크게 거슬리지 않는다

아무도 개의치 않는다

그날 그렇게 목 잘려 순교했다

—「무두정(無頭釘)에 대하여」 부분

③ 사해다

세상 죄 씻으려 몸 담그다

일생 삼킨 밥이

기도보다 식혜로 먼저 떠오른 날

쌀을 살이라 부른 나를

광두정이라 불렀다

…(중략)…

멀리서 소금기둥 된

롯의 아내도 흘깃 뒤돌아서서 보는

나는 슬픈 광두정

—「광두정(廣頭釘)에 대하여」 부분

⑤ 지금도 내 유년의 춘궁기

등 굽은 가난이 자주 맨발 밟던
타작마당 곡정谷丁에는
론다 절벽보다 더 가파른 보릿고개 있어
그날 무지개 쫓다 벗겨진 고무신
발 기도문을 읽는다
'제발, 한 푼 줍쇼'

—「곡정(曲釘)에 대하여」 부분

못의 기능은 일반적인 면에서 못 박는 것, 즉 목재를 고정하거나 이어 붙이는 작용을 하는 창조 행위 또는 접속 행위를 수행한다. 말하자면, 도구 제작이나 건물 축조의 과정에 형태를 만들거나 접합, 연결할 때 다양한 형태의 못이 기능적으로 활용된다. 아울러 간극이나 사이, 틈새 등을 연결 봉합함으로써 단절이나 격리를 메꾸고 채워 주는 연결고리로서 접착의 기능을 수행하기도 한다. 인용 시 ①, ②에서 돌쩌귀고리못이나 거멀못이 그 생김새와 용례에 해당한다.

아울러 시 ③에선 대가리 없는 못, 즉 무두정을 통해서 드러나지 않고 모나지 않게 사용되는 못으로서 인간의 보편적인 삶 또는 숨어 사는 은자의 모습을 형상화하기도 한다. 특히 여기에서 주목할 것은 '그냥 그렇게 목 잘려 순교했다'라는 구절에서 볼 수 있듯이 믿음을 위해 하나뿐인 목숨을 기꺼이 바치며 죽어 가는 순교자의 모습을 표상하고 있다는 점이다. 그러기에 무두정은 그냥 대가리가 없는 무명의 못이 아니라 적극적인 헌신의 삶, 순교의 삶이 뜻하는 목숨의 경건함 또는 신앙의 위대한 힘에 대한 외경심과 두려움을 날카롭고 섬세하게 묘파하는 것이 특징이다. 실상 인류사, 종교사에 이러한 무명의 성자, 목숨 바친 순교자들이 어디 한둘이던가? 이들의 희생과 헌신을 통해서 인류의 역사는 넓어지고 종교사·신성사 또한 깊어 온 것이 아니겠는가 말이다.

시 ④는 특이한 형태의 못, 즉 대가리가 유난히 큰 광두정을 통해서 삶의 유별성, 특별성, 희귀성, 돌출성을 묘파하는 것이 특징이다. 다른 일반적인 못의 모습과 달리 유별난 생김새, 기형적인 특성으로 인해 어긋나는 삶, 차별받는 삶의 모습을 묘파한다. 그것은 실상 어떤 유별난 용모의 사람을 지칭하는 것이 아니라 바로 그것이 우리의 한 모습이고 나의 모습일 수 있다는 보편적인 삶의 형상성 또는 평등성에 대한 자각과 인식이라고 할 수도 있다는 점에서 인간애의 스펙트럼을 반영한다.

시 ⑤는 곡정, 즉 구부러진 못 휘어진 못을 통해 모든 못이 형태와 기능이 다를지라도 그 본성과 속성은 평등한 것이고 평등해야 한다는 평등의 정신을 반영한 것으로 풀이된다. 이 땅 겨레의 가슴을 할퀴던 춘궁기, 보릿고개를 구부러진 못으로 비유함으로써 삶의 명암, 그 우여곡절을 형상한 것으로 이해되기 때문이다.

그러고 보면 이러한 다양한 못의 생김새와 그 쓰임새는 바로 인간 형상의 다양한 모습과 그 기능을 묘파한 것으로 이해된다. 이 점에서 이러한 못의 다양한 생김새와 쓰임새는 바로 인류 사회에서 인간의 그것과 대응되면서 하나의 거대한 못의 사회학, 즉 연쇄 체계와 길항하면서 하나의 상징 세계를 표상한다는 점에서 김종철 시인의 '못의 시학'이 정점으로 치달아 가고 있다는 점을 시사해 주는 것이 된다. 동시에 김 시인의 시 정신이 '인간 평등의 정신'에 근거하고 있다는 점을 말해 주는 것이 되겠다.

4. 현실 비판과 시적 응전 방법론

김종철 시인의 못의 시학을 관류하는 시 정신의 중요한 한 특징은 풍자와 비판 정신을 펼쳐 가는 것이며, 그 기법이 주로 은유와 상징을 통해서 전개된다는 점이다. 시인 특유의 날카로운 풍자와 비판 정신이 직접적으로 제시되기보다는 문학적인 방법론으로서 은유와 상징 등 문학적 기법을 개성적으로 활용함으로써 예술성을 확보하고 있다는 점이 특징인 것이다.

요즘 오랑우탄이
사람 옷 입는 쇼를 왜 거부하는지
조련사는 알지 못한다
…(중략)…
대기업 조련사들은
앞다투어 업자들을 길들였다
중소업자 전용인 사설 동물원
단가 후려치기 횡포로
목에 밥줄 걸고 기어 다니게 만들고
보호하기 위해 가둔다는 동물 왕국

나쁜 조련사일수록 일급이 되는
삼성 동물원과 LG 동물원
배상도 적고, 잡혀도 잠깐 사는 솜방망이 처벌
빼곡이 철창에 가둔 불공정 독점 계약
사는 게 별거냐고

죽어야만 빠져나갈 수 있는

을만 죽는 을사乙死조약

사람 옷 입힌 우리 시대의 동물원

'두 다리는 나쁘고 네 다리는 좋다'는 그들의 왕국에서

당신이 무슨 과에 속하는지 알고 싶은 분

손, 손 드세요!

—「우리 시대의 동물원—못의 사회학 5」 부분

이 시가 의도하는 것은 오늘날 현실을 지배하고 있는 온갖 물신주의, 자본의 폭력성에 대한 풍자와 비판이다. 말 그대로 독점 자본과 재벌들의 발호와 군림 현상을 질타하면서 사회 정의와 양심의 회복을 갈망하고 자유와 평등 세상의 도래를 염원하는 뜻을 담고 있다는 뜻이다. '우리 시대의 동물원'이라는 은유적 상황 설정과 오랑우탄 및 조련사라는 상징을 통해서 오늘날 횡행하는 각종 권력형, 재벌형 모순과 부조리 및 그 폭력성, 억압성을 고발·비판하고 있는 것이다. "대기업 조련사들은/ 앞다투어 업자들을 길들였다/ 중소업자 전용인 사설 동물원/ 단가 후려치기 횡포로/ 목에 밥줄 걸고 기어다니게 만들고/ 보호하기 위해 가둔다는 동물왕국(…중략…)// 배상도 적고, 잡혀도 잠깐 사는 솜방망이 처벌/ 빼곡이 철창

에 가둔 불공정 독점 계약"이라는 구절 속에는 오늘날 정치·경제·사회·문화계에 팽배해 있는 각양각색의 모순과 부조리에 대한 통렬한 비판과 풍자가 담겨 있는 것이 아닐 수 없다. 구체적인 대기업, 재벌들의 폭력적인 군림과 끊임없는 지배욕을 적시하고 고발함으로써 오늘날 진정한 자유와 평등의 실현이 얼마나 중요하고 절실한 문제인가를 강력하게 주장하고 있다는 뜻이다. 특히 그것이 단순한 적개심이나 증오심을 직접적이고 노골적으로 드러내기보다 은유와 상징이라는 문학적·예술적 방법론으로 여과시켜 형상화한 것은 의미 있는 일이 아닐 수 없다. 이러한 경제 현실의 모순과 부조리 고발과 비판은 정치·사회·문화 등 전반에 걸쳐 폭넓게 펼쳐짐으로써 그야말로 '못의 사회학'이라는 이 시집의 전반적인 주제를 폭넓고 깊이 있게 구현하는 것으로 이해된다.

강정 소인국이 두 쪽 났다
해군기지 건설로 쑥대밭이 된
불알 두 쪽 같은 마을
환경보호단체가 오면서 더욱 요지부동이다
'강정멸치젓' 팔아 투쟁기금 모은 신부
강정에는 멸치 나지 않는다고 반박하는 마을 이장

…(중략)…

'절대 반대' 노란 깃발이 집집에 꽂힌 해안 마을,

고씨 양씨 부씨 성 가진 붉은발말똥게, 맹꽁이,

새뱅이와 함께 지난 추석 우리는 몰래 다녀왔다

조천읍에서 약천사 선궷네 그리고 강천천에서

모두 우리를 보았다는 풍문이 돈 소인국에는

노란 깃발이 해풍에 펄럭이는 강정 소인국에는.

—「강정 소인국–못의 사회학6」 부분

이 시는 오늘날 정치적·사회적 현안으로 논란을 빚고 있는 제주도 강정마을 해군 기지 건설 문제를 다루어 관심을 끈다. 주목할 것은 시인이 그 어느 한편에 서서 주장을 개진하기보다는 가치중립적 관점에서 사안을 다루고 있으며, 그 형상화 방법 역시 은유와 상징을 활용하고 있다는 점이다. 직접적으로 논쟁에 뛰어들어 어느 편을 적극 옹호하고 편들기보다는 중립적 입장에서 형상화함으로써 올바른 현실 인식을 유도하고 문제점을 제기하는 객관적 성찰 방법을 견지하고 있는 데서 특징을 지닌다는 뜻이 되겠다.

5. 풍자기법과 해학의 미학적 의미

한편 시집에는 은유와 상징을 통한 현실 사회 비판과 함께 역설, 아이러니, 인유나 동음이의어, 그리고 조롱 투의 풍자 기법, 즉 '펀pun' 등이 활용되면서 문명 비판이 다양하게 펼쳐지고 있는 점도 유의할 만하다. 특히 이러한 다양한 기법들이 시의 골계미, 해학성을 유발하고 비극성, 예술성을 고조시킨다는 점은 주목할 만한 일이 아닐 수 없다.

① 생후 한 달도 채 안 된 손주놈
배 속에서 먼저 배운
우는 법 하나로
젖 물리게 하고 기저귀 갈게 하고
울면 안아주고 흔들어주고
또 울면 함께 녹초되는
니가 내 앱이다

세상살이 하나 다운받아
손아귀에 쏙 들어와 있는 스마트폰에
길도 내고 소문도 퍼뜨리는
손주놈같이 매우 조심스러운

니가 내 애비다

보고 듣고 생각했던 모든 것들이
이제는 다 옷 입은 세상
주기도문으로 거룩히 부르는
하늘의 아버지도
머잖아 앱이 될 것이다
머잖아 내 손주놈처럼
모두 애비로 부활할 것이다

—「니가 내 애비다—못의 사회학 10」 전문

② 바다가 무너졌다
고래가 떼죽음 당했다
집채만 한 파도가
밤새 해안으로 밀려오더니
집채만 한 고래들이
귀가 찢어져 피를 흘렸다

저주파로 소통하는 시인들의 바다
…(중략)…

어항 속의 고래 세상은

죽은 시인의 사회다

실시간 온라인 검색창에 뜬 바다

산소호흡기를 단 돌고래 한 마리가

수족관 밖을 위험하게 바라보고 있다

—「죽은 시인의 사회—못의 사회학 8」 부분

③ 한밤중 암탉이 울면

아버지는

가차 없이 닭 모가지를 비틀어버렸다

완강한 아버지의 새벽은

언제나 수탉 몫이었다

그러나 영문도 모르는 우리는

어린 새벽을 목청껏 깨우는

암탉 때문에

그놈의 닭발까지

훌러덩 벗겨 먹은 그 밤부터

차례로 홰에 올라 불침번 서듯

동트는 아침을 기다려야만 했다

긴 밤 지나고 내일이 오는 동안

어린 아들은 아버지 되고

딸만 낳아 키운 우리 집은

새벽을 몇 번이나 건너뛰어야 했다

이제는 암탉이 울어야

집안의 아랫도리가 빳빳하게 서는 세상

아버지는 꿈속에서도 호통치셨다

닭쳐!

—「암탉이 울면—못의 사회학 9」 전문

④ 올 윤 3월에는

삼베 수의를 준비한단다

개똥 같은 신세다

고려장이다

멀리 내다 버릴 심산인 것 같다

이왕이면 큼지막하게

주머니 달린 수의를 지어달라고 하자

저세상 가보지 않고 어떻게 아느냐고?

지옥과 천국을 그토록

귀에 못 박히도록 듣고도 의심하다니!

그쪽 하느님은 무릎 치실 것이다
일생일대
수의 주머니에 든 그것을 보시면!

윤달에는 수놓은 주머니를 달자
흔하디흔한
막상 구하려면 눈에 띄지 않는 개똥
수의 주머니에 넣어두자
살며 사랑했던 그날 모두가 개똥이다
모두 다 약이다
죽어서도 죽지 않는 윤달에는!

—「수의는 주머니가 없다」 전문

먼저 시 ①은 '앱/애비'라는 비슷한 소리의 음상音相 또는 동음이의어를 통해서 오늘날 우리 사회를 지배하고 있고, 앞으로 더욱 압도해 나아갈 정보통신 사회와 컴퓨터 만능 시대에 대한 풍자와 야유를 펼쳐 보여준다. "손아귀에 쏙 들어와 있는 스마트폰에/ 길도 내고 소문도 퍼뜨리는/ 손주놈같이 매우 조심스러운/ 니가 내 애비다//(…중략…)/ 주기도문으로 거룩히 부르는/ 하늘의 아버지도/ 머잖아 앱이 될 것이다/ 머잖아 내 손주놈처럼/ 모두 애비로 부활할 것이다"라는 구절 속에는 인간이 편리하게 이용하기 위해 만든 물질문명, 정보 통신 기구가 어느새 삶의 주인이 되고 어른이 돼서 군림하고 있는 모습을 통해 오늘 이 시대 전자산업 기술의 발달이 어떻게 인간성을 압살하고 쇠퇴시켜 가는가에 대한 신랄한 풍자와 야유가 펼쳐지고 있음을 본다. 특히 스마트폰이 이러한 전자 문명의 상징으로서 오늘날 인간적인 삶, 생명력의 삶을 위협하는 데 대한 날카로운 비판을 담고 있어서 주목된다.

특히 시 ②는 '죽은 시인의 사회'라는 소설 영화를 인유하면서 오늘날 기술 문명 시대가 오히려 인간성을 억압하고 생명력을 압살하는 폭력의 시대로 변해 가고 있음을 질타하는 뜻을 담고 있어 관심을 환기한다. "저주파로 소통하는 시인들의 바다/(…중략…)// 어항 속의 고래 세상은/ 죽은 시인의 사회다/ 실시간 온라인 검색창에 뜬 바다/ 산소호흡기를 단 돌고래 한 마리가/ 수족관 밖을 위험하게 바라보고 있다"라는 구절 속에는 오늘날 문명의 위기가 바로 인간의 위기이면서 동시에 문학의 위기이고 생명의 위기라는 데 대한 첨예한 인식이 담겨 있는 것으로 해석된다. 그만큼 오늘날 고도로 발달해 가는 정보산업 문명과 과학 기술의 시대가 오히려 인간성을 말살하고 생명력을 훼손케 하는 동인으로 작용하고 있다는 문명 비판과 함께 인간 회복의 꿈이 날카롭게 담겨 있는 모습이라고 하겠다.

시 ③은 이러한 풍자와 야유가 '닥쳐'와 '닭쳐!'라는 동음이어를 통해 아이러니와 해학을 불러일으킨다는 점에서 관심을 환기한다. '암탉이 울면 집안이 망한다'라는 전통 사회의 속담을 인유하면서 '입 닥쳐'로써 말조심과 금압, 권위주의를 풍자하고 '닭쳐!'로 시를 마무리 지음으로써 해학과 골계미를 유발하고 있는 것이다. 이러한 풍자와 야유, 해학을 통한 진정한 남녀평등과 자유 실현에 대한 갈망과 염원은 실상 골계와 해학을 통해 자유와 평등을 노래하려 하던 전통적인 이 땅의 민중 리얼리즘을 오늘에 문학적으로 재미있게 구현한 모습이 아닐 수 없다. 마치 판소리와 김삿갓의 시편들에서 볼 수 있던 '골계를 통해 비애를 차단하고 파괴'함으로써 자유와 평등, 인간 해방 정신을 구가하려던 우리 전통 문학 민중 리얼리즘을 현대 시에 구현한 뛰어난 방법론이 된다는 뜻이다.

시 ④가 활용하고 있는 것은 이른바 아이러니 또는 역설의 기법이다. 아이러니란 무엇이고 역설이란 또 무엇이던가? 한마디로 아이러니란 기대했던 것과는 정반대의 표현 또는 결과가 돌출됨으로써 모순된 삶과 부조리한 세상에서 오히려 역으로 진실을 발견하게 하는 기법이다. 또한 역설이란 겉으로 보면 모순되지만 그 내면에는 오히려 강력한 진실을 내포함으로써 깨달음과 갈등을 불러일으키는 시적 기법이 아니던가.

이 시가 바로 그렇다. 원래 망자가 입는 수의에는 주머니가 없는 것, 주머니를 달지 않는 것인데 거기에 오히려 큼지막하게 주머니를 달자고 하는 것, 그리고 그 속에 기대했던 돈이나 보석을 넣는 것이 아니라 쓸모없는 개똥을 넣자고 하는 것, 그것이 바로 탁월한 역설이며 기발한 아이러니의 활용이 아닐 수 없기 때문이다.

이러한 역설과 반어 속에는 역시 오늘날 우리 사회, 인간의 삶을 지배하는 황금만능주의나 온갖 탐진치貪瞋癡, 즉 탐욕과 성냄, 어리석음이라는 삼독三毒을 떨치고 인간 해방과 자유에의 길로 나아가고자 하는 인간 해방의 정신이 날카롭고 섬세하게 표출돼 있는 것이다.

바로 여기에서 『못의 사회학』이 갈망하고 지향하는 세계가 바로 휴머니즘에의 길, 인간 해방과 자유에의 길이라는 점이 선명하게 드러난다. 그러한 인간 해방 사상을 주의 주장이나 선동 선전으로 강조하는 것이 아니라 은근한 기법을 통해 문학적인 각성과 인식을 차원 높게 불러일으킨다는 점에서 김종철 시인의 못의 사회학이 도달한 예술성의 넓이와 경지를 알 수 있음은 물론이다.

6. 월남 참전 시와 역사 허무주의

이번 시집『못의 사회학』에서 이채로운 것 중 하나는 바로 월남 참전 체험과 그 속에서 펼쳐지는 비극적 운명론 및 그 넘어서기가 집중적·지속적으로 형상화되고 있다는 점이다.

① 세상을 바꾸는 단 한 줄 시를 위해
참전한다고 호기 있게 쓴 편지
고향 친구 손에 읽히기 전
내 전 생애가 담보됐다는 걸
아는 데는 그리 오래 걸리지 않았다
여름 나라 파병에
혹독한 동계 훈련 받은 것은 그렇다 치더라도,
전투수당과 생명수당이 국고에 강제 귀속된다는
소문 또한 그렇다 치더라도,

전함이 남지나해 가까워지자

우리는 선내를 속옷으로 돌아다녔다

한결같은 빨간 팬티다

액운을 때울 수 있다고

무사히 귀환할 수 있다고

여자 팬티 입은 놈도 여럿 있었다

한 장의 연꽃으로 가린 심청의 아들

왜, 그것도 몰랐냐고 빤히 되묻는 눈빛에

나는 또 한 번 패잔병이 되었다

—「빨간 팬티」 전문

② 정글의 하루는 3킬로미터도 이동하기 힘들었다. 작전 사흘째부터 모두 지쳤다. 이때를 베트콩은 노릴 것이다. 첫 타깃은 지휘관이나 통신병 그리고 위생병이다. 구급낭 하나 더 있는 위생병은 삼척동자도 알아본다. (…중략…)

잠깐 이동을 멈춘 사이 젖은 런닝을 벗어 꼬옥 짰다. 서너 방울 땀을 씨레이션 깡통에 받아 혀끝에 댔다. (…중략…) 나흘째는 오줌을 받아 커피가루 섞어 마셨다.

—「군번 12039412, 작은 전쟁들」

③ 그 무렵 야자수가 긴 만을 따라 덮고 있는 캄란베이에는, 크고 작은 배들이 군수품과 용병들을 나르며, 반쯤 죽은 자들을 실어 가기도 하였다. 모두가 패잔병이었다. (…중략…)

그 무렵 캄란베이 야전병원에는 시신을 냉동구에 보관하였다, 죽어서야 비로소 시원한 곳에 안치되는 곳, 베트콩 시신도 보았다.(…중략…)

—「그 무렵, 말뚝처럼 박힌」

이번 시집의 시편들에는 시의 화자가 젊은 시절 월남전 참전을 전후하여 겪은 온갖 체험과 그에 대한 인상 및 소감, 그리고 후일담이 또 다양하게 펼쳐지고 있어 관심을 환기한다. 그의 시집들, 특히 『못에 관한 명상』 등의 시편들에서 이 땅의 6·25 전쟁 전후 체험과 그에 연관된 추억담들 및 월남전 얘기가 부분적으로 언급된 것은 여러 차례 있었지만 이번 『못의 사회학』에서처럼 그것이 직접적·집중적으로 형상화된 것은 흔치 않은 일이었기 때문이다.

한마디로 그것은 시인이 유소년 시절에 겪은 이 땅의 비극인 6·25 전쟁 체험과 20대에 겪은 월남전이 하나의 고통과 절망 체험으로서 공통점 또는 동심원을 그리기 때문일 것으로 판단된다. 동아시아 약소민족으로서의 한국과 월남의 연대감과 식민지 체험이라는 공통분모 속에서 6·25 전쟁과 월남전은 하나의 절망의 원체험으로서 공통되게 작용하는 까닭일 것이다. 말하자면 민족사적인 면에서나 인류사적 각도에서 그러한 생사를 넘나드는 전쟁 체험과 그 비극적 상흔은 시인의 한 생애를 지배하고 민족적 삶을 관류하는 정신적인 트라우마로 작용해 왔기 때문에 특히 『못의 사회학』이라는 이번 시집에서 중요한 소재이자 제재이고 주제로서 작용하고 있다는 뜻이다. 그만큼 사회·역사적 상처의 못이 깊었으며 그 못 자국이 지울 수 없는 생의 비극성으로 작용하고 있다는 뜻이 되겠다.

인용 시편들에 드러나는 것은 한결같이 전쟁 상황에서 죽음 앞에 선 자의 공포와 불안 의식, 그리고 절망감이라고 할 수 있다. 시 ①에서 "한결같은 빨간 팬티다/ 액운을 때울 수 있다고/ 무사히 귀환할 수 있다고"라는 구절이 그러한 샤머니즘적 운명론과 마주한 병사로서 겪을 수밖에 없는 불안과 공포 및 절망감을 반영한 것에 해당하기 때문이다.

시 ②에서는 그러한 절망과 공포감이 더욱 직접적으로 표출돼 있다. "정글의 하루는 3킬로미터도 이동하기 힘들었다.

(…중략…)// 나흘째는 오줌을 받아 커피가루 섞어 마셨다"에서 보듯이 극한 상황에 처한 실존의 한계 의식과 존재론적 절망감이 보다 리얼하게 표출되어 관심을 고조시킨다.

시 ③도 마찬가지다. "반쯤 죽은 자들을 실어 가기도 하였다. 모두가 패잔병이었다. (…중략…) 죽어서야 비로소 시원한 곳에 안치되는 곳, 베트콩 시신도 보았다"는 구절은 연 인원 30만 명, 최대 5만 명까지 파견되어, 그중 5천 명 이상 사망하고 고엽제 후유증을 앓고 있는 자만 수만 명에 이른 월남전의 참극 및 역사의 테러리즘에 대한 비판과 함께 깊은 허무 의식이 아로새겨져 있는 것이다.

사실 그렇지 아니한가? 생사가 수시로 넘나드는 전쟁이라는 극한 상황, 죽음을 마주한 한계 상황에 처해 인간은 죽음의 공포와 절망감을 겪을 수밖에 없을 것이 자명한 일이 아닌가.

그날 우리는 짐을 싸면서도 용병인 줄 몰랐다. 끗발이나 빽도 없는, 대가리 싹둑 민 개망초 보병들이다. 야간 군용 트럭으로 잠입한 오음리 특수 훈련장, 이른 기상나팔에 물구나무 선 참나무, 소나무, 굴참나무. 아침 점호에 같이 고향을 본 후 힘차게 몇 개의 산을 넘었다. 이빨까지 덜덜거리는 상반신 겨울, 주는 대로

먹고, 찌르고, 던지고, 복종하는 훈련병. 정곡을 찌르는 기합에,

겨울 새 떼들은 숨죽이며 날아올랐다. 하루 일당 1달러 80센트에

펄럭이는 성조기, 우리는 조국의 이름으로 낮은 포복을 하였다.

오음리의 겨울은 이제 누구도 더 이상 귀 기울이지 않는다. 생선

에게 고양이를 맡기든 말든 죽은 시인도 죽은 척할 뿐이다.

—「용병 이야기」 전문

그러한 극심한 공포감과 절망감은 실존의 위기에 처한 한 인간이라면, 그는 결국 비극적 세계 인식과 함께 역사에 대한 극단적 허무의식으로 빠져들지 않을 수 없을 것이 분명하지 않겠는가. "첫 단추를 잘못 끼운 다목적군으로 활보했다. 매독과 임질이 매복한 여름 참호가 폐허처럼 떠도는" 전쟁터에서 병사의 실존이란 한낱 가랑잎일 수밖에 없을 것이기 때문이다.

바로 이 점에서 월남전과 6·25 전쟁은 두 나라의 개인뿐만 아니라 민족과 역사의 측면에서 그 구성원 모두에게 치명적인 절망의 대못, 운명의 대못으로 오래도록 박혀 있을 수밖에 없음이 자명하다. 그러기에 시인은 생에 대한 근원적 회의와 좌절을 겪으며 역사의 폭력성과 비극성 앞에서 한없이 초

라해지고 허무해질 수밖에 없는 역사 허무주의로 급격히 함몰돼 가게 된 것이다. '죽음의 축제'나 '죽음의 둔주곡'이라는 시적 표현이 자주 등장하는 것도 바로 이러한 공포와 절망 속에서 싹튼 역사 허무주의의 반영임은 물론이다.

7. 맺음말, 해원(解冤)과 구원의 시학을 향하여

이렇게 본다면 시집 『못의 사회학』은 생성과 해체, 존재와 무, 고독과 허무, 육체와 정신, 물질과 영혼, 현실과 이상, 억압과 해방, 절망과 희망, 죄와 속죄, 운명과 자유라는 이원적 명제의 온갖 대립과 갈등 과정을 통해서 삶의 본질과 현상을 탐구하고 예술적으로 형상화하려는 못 연작시의 한 절정이자 대단원을 향해 치닫는 결정적인 전환점임을 알 수 있게 된다.

> 나는 손톱을 깎았다. 이판사판 깎아버렸다. 소대원들이 수군거렸다. 바로 그 시간, 엄청난 일이 일어났다. 작전 철수다! 갑작스레 내려온 상부의 전통에 축제처럼 서로 얼싸안았다. 지금도 손톱 깎는 날에는 좋은 일만 생긴다. 매일 깎을 수 없으니 좋은 날도 때로는 손톱 자라는 동안 기다려주기도 한다.
>
> —「손톱을 깎으며」 부분

그렇다! 삶이란 탄생과 죽음, 만남과 헤어짐, 그리고 절망과 희망의 교차로 이어지는 존재론적 드라마에 해당한다. '궂은 일도 좋은 일도 곧 지나가는 것'으로서 생의 달관과 초월을 의도하고 있다는 말이다. 바로 이 점에서 이 시집의 대주제가 선명히 드러난다. 온갖 원한풀이, 즉 해원을 통한 자유에의 길, 부활에의 길이 바로 그것이다. 온갖 아픔과 절망 체험은 그것대로 기록해 가면서 그것들을 뛰어넘고자 하는 극복과 초월, 치유 의지를 못의 사회학을 통해 예술적으로 고양·완성시켜 내고 있는 것이다.

결국 시집 『못의 사회학』은 절망의 묵시록이면서 동시에 희망의 계시록에 해당한다. 그만큼 인간의 본질 또는 삶의 현상에 대한 존재론적 탐구에 맞닿으면서 서정적인 형상성을 성공적으로 획득하고 있는 것으로 판단되기 때문이다. 이 점에서 이 시집은 절망을 노래하면서 희망을 이야기하는 모순과 갈등의 드라마를 모티프로 하여 원한을 씻어 내고 화해와 상생, 용서와 사랑으로 나아가고자 하는 해원의 시학이자 구원의 시학을 지향한다. 원한과 비극으로 운명을 껴안으면서 그것을 넘어서서 정신의 구원과 평화에 이르고자 하는 해원·상생의 시학, 용서와 사랑의 시학으로서 근본 속성을 지니는 데서 이 시집의 의미와 성과가 놓인다는 뜻이다.

이 점에서 이번 시집은 못 시학의 측면에서 볼 때 하나의 결산이면서 새로운 시작을 의미한다. 그 하나는 역사로 열린 길이며, 다른 하나는 신성사로 열려 가는 길이다. 역사에 대못 박은 사람들을 찾아 인간사, 인류사를 형상화하는 작업과 함께 예수 그리스도의 생애, 즉 신성사를 찾아 못의 사제司祭로서 마지막 순례의 길을 떠나야 할 것으로 판단되기 때문이다. 다시 세속사를 넘어서서 신성사에 이르는 김 시인의 다음 역작을 기대하며 그간의 노고에 치하와 격려의 박수를 보낸다.

—출처: 김종철 시집, 『못의 사회학』(2013)

제3부

김종철 시인의 시 세계를 되돌아보며

「절두산 부활의 집」에 부쳐

못의 유서遺書

— 못·시학·별사(別詞)

*

때가 되면 만물은 다 시들고 마침내 떨어져 가기 마련인가. 그리운 벗 일촌, 그대 지금 홀로 걷고 있는 그곳 골목길은 너무 어둡고 외지진 않을까? 여기 천만 길 그대와 떨어져 나 홀로 가고 있는 이곳 대학로 혜화동 골목길은 "이제/ 네 음성을/ 나만 듣는 여기는 눈과 비가 오는 세상//(…중략…)// 열매가 떨어지면/ 툭 하는 소리가 들리는 세상"(박목월, 「하관」)이네만…….

나는 오늘도 그대 떠나간 먼 하늘 바라보며 지내고 혼자서 혜화 로터리, 가랑잎 지는 대학로 길을 터벅터벅 걸어가고 있다네.

그 언제였던가. 우리 처음 만난 것이 아마도 1968년 겨울, 전라도 사나이 박정만과 경상도 사나이 자네, 그리고 나, 그렇게 셋이 사막 도시 서울 목마른 청춘의 거리를 헤매던 그 날이. 1988년 가을, 정만이 떠나가고 다시 2014년 7월, 오래 같이 가자던 그대마저 "조만간 만나세. 곧 연락하겠네. 지상에서 제일 그리운 벗에게! 일촌"이라 외마디 전언을 남기고 홀홀 떠나가 버렸으니 나는 무엇인가? 나 또한 "오호 통재라! 일촌 비보!!" 통곡하나니 인명재천이로고! 한마디 말 그대 영전에 띄우고 마지막 절두산까지 그대 곁을 지킬 수 있었을 뿐…….

그리고 지금도 비 내리는 이곳 지상에서 여기 찻집 엘빈에서 그대에게 덧없이 명복만을 빌고 있을 뿐! 그렇게 자네는 내게, 아니 그대 사랑하는 아내 강 여사와 두 딸 은경, 시내와 사위분들, 그리고 그대 무엇보다 그리도 오매불망하던 손자·손녀의 손을 그리 매몰차게 황망히 뿌리치고 먼 길을 떠나고 말았단 말인가?

새삼 그대와 함께 반백년 헤매던 이곳 이승의 거리들이 낯설고 무언지 두려워만지누나. 모쪼록 지상의 '못' 모두 다 뽑아 털어 버리고, 부디 하늘나라에서 명목하소서! 벗이여, 사랑이여!

**

이번 유고 시집을 읽으면서 새삼 나는 한 시인에게 평생의 대주제, 일관된 제재와 주제를 천착해 간다는 것이 얼마나 중요하고 또 행복한 일인가 깨달을 수 있었다네. 그것은 마치 평생의 테마를 발견해서 그것을 지속적으로 탐구 · 천착함으로써 대업을 이룬 영웅의 생애와도 비견될 수 있는 것 아니겠는가.

그대의 '못' 연작 첫 번째 시집이자 출세작인 『못에 관한 명상』 작품론에서 나는 이 점을 지적하며 강조한 바 있지 않았던가.

> 시집 『못에 관한 명상』은 시인 개인에게 있어서나 90년대 우리 시의 진로에 있어서나 하나의 시금석이 될 것이 분명하다. 개인적인 면에서는 한평생의 시적 주제를 비로소 이 시집에서 발견해 냈다는 점이 그러하고, 90년대 시사에서는 이 땅의 서정시가 개인적인 층위와 사회, 역사적 층위 그리고 철학적, 신성사적 층위를 변증법적으로 꿰뚫어 내는 데서 그 바람직한 활로를 열어 간 것으로 전망된다는 점에서 그러하다. 못 하나에서 삶의 진실을 깨닫고 사회·역사적 고뇌와 부딪히며 천착해 들어감으로써 새로운 시의 길, 삶의 길을 찾아 떠날 수 있는 시인은 행복하다.
>
> —김재홍, 「참회와 명상」, 『못에 관한 명상』(시와시학사, 1992)

그렇구나! 그대는 생의 십자가로서 또한 시의 십자가로서 못을 선택하여 30년 가까이 참으로 꾸준히, 성실하고 깊이 있게 못을 소재, 제재, 주제로 하여 '못의 시학'을 집중적으로 넓고 깊게 형상화해 낸 못의 시인이면서 또한 못의 사제로서, 못 시학의 대가로서 우리 현대 시 문학계에 뚜렷한 족적을 남기고 간 사람 아니겠는가.

그대에게 '못'은 과연 무엇이던가? 1990년대 초 그대가 처음 내게 보여 준 것은 「못에 대하여」라는 못 시 몇 편에 불과하지 않았던가. 그래서 내가 못을 소재, 제재, 주제로 폭넓고 깊이 있게 탐구하여 '못 시학'을 평생 완성해 갈 것을 제안하지 않았던가. 유난히 시인으로서 자존심이 강한 그대이면서도 나의 제안을 흔쾌히 받아들여 '못 시인'으로서 대장정을 시작했던 바, 마침내 못의 사제가 되어 하느님 나라로 떠나가게 된 것 아닌가 말이네.

1. 못의 고백록 또는 못의 묵시록

그렇다! 이번 유고 시집은 한마디로 말해서 김종철 시인이 소망하던 그대로 '못의 시학'을 완성해 가는 마지막 도정에서 '못의 사제'가 되어 써 내려간 못의 고백록 또는 생의 참회록에 해당한다. 원래 그와 내가 머리 맞대고 의견을 나눴던 것은 못의 성찰로서 '못에 관한 명상,' '못의 사회학,' '못의 역사에 대하여,' '못의 귀향,' 그리고 '못의 사제' 등 전작 5부 정도로 못의 시학을 탐구하고 완성하는 작업이지 않았던가. 그렇게 못을 통해 삶과 인생의 현상 및 본질을 탐구하면서 삶을 둘러싼 사회·역사·종교를 성찰하고 '못의 귀향,' '못의 사제'로서 하느님 나라로 귀의하는 것을 평생의 주제, 즉 못 시학의 대주제로서 설정하여 넓고 깊게 인간사, 사회사, 역사, 신성사의 길을 향한 모색과 순례의 실을 함께 떠나가 보기로 약조했던 것…….

그러나 인명은 재천이라, 마지막 못의 사제로 떠나는 초입에서 김 시인은 홀연 난치의 병을 얻어 그만 하느님 나라로 떠나가고 만 것 아니던가.

그런 만큼 이번 유고 시집은 전체적인 면에서 '못' 시학의 한 정점이자 완결판에 근접해 있는 것으로 이해된다. 특히 영원한 이별로서 죽음과의 친화, 죽음 길들이기와 죽음 넘어서기로서 극복과 화해가 그 주된 내용이 된다는 뜻이다. 그만큼 가장 직접적이고 구체적인 시의 소재, 제재, 주제가 투병 과정으로서 죽음 또는 죽음 의식과 연관돼 있고, 그것은 죽음과 교감 내지 친화함으로써 '죽음 길들이기'를 통해서, '죽음 넘어서기'로 요약해 볼 수 있겠다. 그에게 불시에 병마가 찾아오지 않았다면 서서히 죽음과의 친화 또는 교감을 이루어 가면서 죽음의 극복, 죽음 넘어서기로서 '못의 사제'의 길—즉 구원에서의 길, 영생에의 길을 추구했을 것인데 불시에 찾아온 병마로 인해 그런 시 정신의 여유, 생명의 평화가 차분히 진행될 수 없도록 만든 것 아니겠는가.

따라서 이 시집에서는 흔히 난치병 또는 불치병으로서 암 투병 과정에 대해 임상의학에서 말하는 '분노-절망-타협-순명'이라는 기본 등식을 바탕으로 죽음 의식의 수용 과정 또는 죽음 넘어서기로서의 초인 의식에의 길을 보여 주는 것이 개성적 특징이라면 특징이 되겠다.

2. 개인적 실존의 못에서 사회·역사적 신성사의 못으로

원래 김 시인이 의도한 연작시, 못 시리즈는 대략 5부작으로 기획됐던 것으로 이해된다. 못 시리즈 『못에 관한 명상』(1992)에는 그 전체적 개요가 잘 드러나 있다. 그 첫 번째가 못의 현상과 본질에 대한 개략적 성찰로서 못에 대한 존재론적 탐구이다.

오늘도 못질을 합니다

흔들리지 않게 삐걱거리지 않게

세상의 무릎에 강한 못을 박습니다

부드럽고 어린 떡잎의 세상에도

작은 못을 다닥다닥 박습니다

그러나 익숙지 않은 당신들은

서로 빗나가기만 합니다

이내 허리가 굽어지기도 합니다

그때마다 굽어진 우리의 머리 위로

낯선 유성이 길게 흐르는 것이 보였습니다

—「오늘도 못질을 합니다—못에 관한 명상 2」 전문

못 또는 못질이란 무엇이던가? 그것은 삶의 현장에서 특히 건축 현장에서 사용하는 실제적인 도구 또는 면모로서 사물과 사물을 연결시키고 고정시킴으로써 물건을 만들고 집을 짓는 행위를 말한다. 말하자면 못은 생김새부터가 다양하여 쓰임새에 있어서도 각양각색의 생김새로서 존재 방식과 효용 및 기능을 갖기 마련이다. 못의 다양한 생김새와 쓰임새는 바로 인간 존재의 다양성과 그 기능의 복합성을 상징하는 것이 된다. 인간이 살아가는 일을 이처럼 각양각색의 못들이 나름대로의 생김새와 기능 및 개성으로 제각각의 기능과 역할을 수행하면서 세상을 구성하고 운행해 가는 모습으로 상징적으로 표현한 것이라 하겠다.

못이란 하나하나 개체로서 존재하는 단독자의 원리를 지닌다. 그러면서 동시에 못은 다른 못들과 어울리면서 못의 상관 체계, 즉 못의 사회학을 구성하고 그런 조직과 구성 원리 속에서 차츰 거대한 상관관계를 이루어 나가기 마련이다. 이러한 사회적 속성은 시간의 흐름 속에서 역사성을 형성해 가는 공동체 원리를 지니게 된다는 뜻이다. 단독자로서의 개체 원리가 사회학적 관계를 형성하고, 나아가 역사의 전개 과정을 통해 거대한 역사적 의미망을 이루어 가게 된다는 뜻이다.

이런 점에서 김종철 시학에서 못 또는 못질하는 일은 인간의 개인적 삶과 함께 공동체 원리를 총체적으로 포괄해 내면서 개인·실존적 층위에서 사회·공동체 원리와 역사적 원리를 포괄해 내고 다시 신성사神聖事의 차원으로 확대·심화돼 감으로써 인간 실존의 모습과 함께 사회 ·역사적 존재 원리를 포괄적으로 형상화해 낼 수 있게 된다. 그 결과 사물로서의 못에서 상징의 못으로 확대되고, 다시 정신사·신성사를 꿰뚫어 냄으로써 인간 존재에 대한 공시적 본성 탐구와 통시적 존재 원리까지도 설명해 낼 수 있는 효과적·성공적인 상징체계를 형성하게 되는 것이다.

매형은 자식을 위해서
집 한 채 짓는 것이 소원이었다.
비가 오나 눈이 오나 바람이 부나
튼튼히 땅 붙들고 있는 지상의 집 한 채를

오늘도 요셉은
재개발지역 혹은 달동네 어느 곳에서
그때 그 어린 예수가 지은 작은 집을 그리며
대팻날을 퍼렇게 세우고 있다
목수의 아들인 그 청년은
이 겨울날 일자리 없어 소줏잔을 비우는데도

—「매형 요셉—못에 관한 명상 29」 부분

이른바 근대 사회에서 신용 가치가 아니라 교환 가치로서의 노동 행위를 통해 기능적으로 살아가야 하는 오늘날의 삶 또는 노동 행위를 날카롭게 또 포괄적으로 형상화하고 있는 이 시는 오늘날 실존의 어려움을 사회학적·역사적 각도에서 총체적으로 조명해 내고 있는 것이 특징이다. 못의 실존 원리, 존재론적 층위가 사회학적·역사적 의미망으로 확대해 가고 있다는 뜻이 되겠다.

말하자면 인간 사회와 역사는 못의 관계학으로서 수많은 인간·사회 관계의 수평적 확대와 수직적 심화를 통해 형성되고 전개된다는 점에서 못의 시학적 가능성이 크게 주목될 수 있는 것이다. 못의 사회적·역사적 상징성 확대와 심화는 실상 김종철 시의 존재론적 성격뿐 아니라, 사회학적·역사적 장력을 크게 확대하고 심화해 감으로써 못의 시학을 이루어내기 시작했다는 점에서 그 중요성이 드러나는 것이다.

해미마을에 갔습니다
낮에는 허리 굽혀 땅만 일구고
밤에는 하늘 보며 누운 죄뿐인 사람들이
꼿꼿이 선 채 파묻힌 땅을 보았습니다
요한아 요한아 일어나거라
이조시대의 천주학쟁이들은
아직까지 요를 깔고 눕지 못했습니다
꼿꼿한 못이 되어 있었습니다
못은 망치가 정수리를 내리칠 때
더욱 못다워집니다

순교는 가혹할수록

더욱 큰 사랑을 알게 합니다

—「해미마을—못에 관한 명상·5」 부분

이 시는 인간이 인간성을 참되게 회복하는 일이란 육신적 삶을 바탕으로 하면서도 정신성으로의 신성성을 확보하고 고양해 가는 것을 보여 준다는 점에서 시학적 의미를 지닌다. 인간은 그 현실적 바탕으로서 실존성·육체성을 기본으로 하면서도 끊임없는 속죄와 참회의 과정을 통해 비로소 신성성에 근접해 가게 되고, 마침내 인간 정신의 승리를 가져오게 된다는 확고한 깨침을 제시하고 있는 것이다. 그만큼 못은 실존적 층위에서 사회적·역사적 층위로, 다시 신성사의 층위로 확대·고양되고 있는데, 그런 점에서 못의 시학적 가능성을 확대하고 심화해 가고 있다고 볼 수 있다.

3. 유고 시집에서 '못'의 시학적 의미

지금까지 김종철 시인이 일구어 내고 있었던 못 시학은 시인에게 닥쳐 온 불의의 병고로 인해 시련을 겪으면서 어쩔 수 없이 마무리될 수밖에 없는 상황을 맞이하게 되었다.

매일 아침

기도가 머리에서 한 움큼씩 빠졌다

마른 장작처럼 서서히 굳어 가는 몸

한 방울씩 스며든 항암 주사액에

생의 마지막 잎새까지 말라 버렸다

내 명줄을 쥐고 있는

아내의 하느님만

오츠보, 시이나, 야마다를 불러 주셨다

이쯤에서 함께 걷는 인연을 주셨고

기적은 사마리아인의 것만이 아니었다

신을 모르는 일본 의사들이

빛으로 나의 죽음을 태워 주었다

그래 그렇구나, 막상 생의 시간 벌고 나니

청명에 죽느냐, 한식에 죽느냐구나

나는 기도한다

나를 살려 준 저들을 용서해 주소서!

—「나는 기도한다」 전문

원래 시인이 기획하고 의도했던 '못' 연작은 『못에 관한 명상』에서 총체적 못 시학의 의미와 방향을 설정하고, 이에 이어서 『등신불』에서처럼 '못'과 그 짝으로서 못이 들어가는 것을 상징으로 한 요철 관계의 천착, 즉 '구멍' 시학의 전개를 통해 음·양·요·철의 인간사 원리를 탐구하는 것으로 기획됐던 것으로 해석된다. 여기에서 다시 시간 순차를 순방향에서 역방향으로 틀어서 『못의 귀향』을 펴냄으로써 못의 시간적 관계 질서 탐구를 통해 뒤집어 보기 또는 거꾸로 보기로서 삶의 존재 원리와 본질을 탐구하고자 하였다. 이를 통해 다시 『못의 사회학』과 『못의 역사에 대하여』로 시야를 확대·심화함으로써 전체적으로 못의 시학을 형성해 내는 것, 그리고 여기에서 다시 신성사적 존재 원리로 시집 『못의 사제』를 집중 창작함으로써 시인은 '못의 시학'을 완성해 내고자 하는 큰 목표를 세웠던 것으로 이해된다.

그러나 사람의 일을, 앞날의 운명을 어찌 알 수 있었으랴? 시집 『못의 사제』를 향해 질주해 가는 도정에서 그야말로 절망적인 병고를 알게 되어 와병 중에 이번 시집을 유고 시집으로 남기게 된 것은 무슨 청천벽력인가. 미완성의 완성이라 하던가. 김종철 시인의 '못 시학'이 이번 시집으로 마무리된 데에서 그 미완의 긴장 또는 비극성이 심화된다고 하겠다.

인용 시가 그렇지 아니한가? 이번 시집에는 유독 삶의 참담한 고통과 순천명의 비극성이 실제적·직접적으로 드러나고 있어 관심을 환기한다. "매일 아침/ 기도가 머리에서 한 움큼씩" 빠져 나가고, "마른 장작처럼 서서히 굳어 가는 몸/ 한 방울씩 스며든 항암 주사액에 생의 마지막 잎새까지/ 말라 버렸다"라는 구절 속에는 한계 상황에 처한 시인의 목숨의식이 구체적으로 적나라하게 묘파돼 있어서 관심을 환기한다. 실상 "청명에 죽느냐, 한식에 죽느냐"라는 외마디 비명적인 시구 속에는 이처럼 다해 가는 목숨, 꺼져 가는 생명에 대한 안타까운 탄식과 함께 뼈저린 절망과 회한이 담겨 있는 것으로 풀이된다. 특히 "나는 기도한다/ 나를 살려 준 저들을 용서해 주소서!"라는 절구 속에는 탄식을 넘어 절망에 이른 운명의 한계 상황이 표출돼 있다는 점에서 주목된다. 그만큼 암 투병의 과정이 고통과 절망의 과정이며, 동시에 죽음의 그림자 속에서 공포와 불안에 떠는 과정 그 자체라는 인식이 선명히 묘파돼 있는 것이다.

여기에서 특히 주목할 것은 죽음에 이르러 '용서'와 '기도'가 마지막 운명의 통과 의례로서 받아들여지고 있다는 점이다. 스스로 참회하고 용서를 비는 행위를 통해 속죄함으로써 구원에 이르고자 하는 것이다.

그날 나는 실수로

만신萬神을 삼켰다

난리였다

큰 산을 삼켰으니

뱉어 낼 때가지

세상은 집중했고

혼자 죽어 있어야만 했다

익명의 만신을 따라간 나는

아침저녁 길을 묻는

북망산 하나를 만났다

새벽에 깨어 보니

빈 무덤이 열렸다

거친 삶의 한켠

힘들게 뱉은 그 밤

싸구려 신칼, 방울, 부채

장구와 자바라에 어울렸던 내가

시퍼렇게 날 선

생의 작두 위에서 춤추고 있었다

—「큰 산 하나 삼키고」 전문

그러니 하루 어느 한 순간인들 어찌 평안과 안식에 깃들 수가 있을 것인가. 그야말로 "아침저녁 길을 묻는/ 북망산 하나를 만날 수"밖에 없을 것이며, "시퍼렇게 날 선/ 생의 작두 위에서 춤추고 있을 수"밖에 없는 극한 상황, 한계 상황 속에서 절망에 몸부림칠 것이 자명한 이치이다. 그만큼 북망산과 열린 무덤의 교차 속에서 생의 한순간 한순간이 "시퍼렇게 날 선/ 생의 작두 위에서 춤추고 있"을 뿐이라는 두려움으로 다가오는 것이 아니었겠는가?

여기에서 시인은 또다시 자신의 최후를 예감하고 임종 그 이후를 생각함으로써 더욱 심화된 공포와 절망 체험을 겪게 된다.

유작으로 남기고 싶지 않아
밤새 고치고 다듬는다
실컷 피를 빤 아침 하나가
냉담한 하느님과 광고를 믿지 않은
자들만 분리수거해 갔다

아침마다 뽀로로를 즐겨 보던
네 살배기 손주도 변했다
로봇으로 변신하는 자동차

또봇에 정신이 팔린 것은
우리가 관과 수의에 관심을 가질 때였다
나를 태울 장의차가 손주의 로봇으로 합체될 때
실컷 젖을 빤 아침이 와도 나는 깨지 않겠다

이제 어디에서나 이름이 빠진
내가 차례를 기다린다
내장과 비늘을 제거한 생선이
먼저 걸리는 생의 고랑대
몸만 남은 체면이 기도의 바짓가랑이 붙잡고
분노하고 절망하고 타협하고 그리고 순명하다가
무릎 꿇는 또봇의 새아침
쩍 벌어진 애도의 쓰레기통이나 뒤져
악담 퍼부은 유작들만 분리수거되는 날이다

—「유작(遺作)으로 남다」 전문

그렇다! 이 끝없는 암 투병의 극한 상황 속에서 새삼 생명의 임종, 그리고 사후 세계에 대한 근심과 걱정, 오뇌와 번민이 솟구치지 아니할 것인가. 이른바 분노와 절망을 넘어 죽음과의 타협, 즉 순천명을 받아들이게 되는 것이다. 세상과의 작별 준비 속에서 끊임없이 엄습하는 공포와 절망감이 밀물처럼 밀려 왔다가 썰물처럼 생명을 빠져 나가는 절대 고독과 절대 허무로서 '무無의 통과 과정'을 이루어 내게 된다는 뜻이다.

① 부끄러운 내 욕망과 남루한 생의 옷가지
일생의 마운드에서
결코 교체되지 말아야 할 나는 패전투수
—「버킷 리스트」 부분

② 한 방울씩 떨어지는 항암제 따라
죽음의 순례를 시작한 나는
살아 있는 모든 고통은
옷 껴입은 알몸인 것을 알게 되었다.
—「암 병동에서」 부분

③ 소문만으로도 더 빨리 중환자가 되었다
(…중략…)
나는 종목도 없는 운동선수로 기재되었다
이길 수 없는 경기에만 나오는 선수다

그중 가장 살맛 나게 하는 소문은

이제 끝났어, 살아 오면 내 손에 장 지지지!

오랜만에 듣는 행복한 저주였다

—「오늘의 조선간장」 부분

④ 내가 병을 얻자

멀쩡한 아내가 따라서 투병을 한다

늦도록 엔도 슈사쿠를 읽던 아내는

독한 항암제에 취한 나의 기도에

매일 밤 창을 열고

하느님을 직접 찾아다녔다

길면 6개월에서 1년

—「언제 울어야 하나」 부분

이러한 일련의 투병 연작시에는 육신을 지닌 존재로서 인간이 겪어야 하는, 아니 겪을 수밖에 없는 절망적인 병고 체험과 함께 그에 따른 순천명으로서 운명 의식이 생생하게 표출돼 있어 실감을 더해 준다.

시 ①에서는 그러한 운명 의식의 실제적 반영으로서 '패전투수'로서의 절망감과 그에 따른 허망감이 나타난다. 시 ②에서의 '항암제,' '죽음의 순례,' '고통,' '알몸'은 그러한 한계 상황의 직접적인 연관이 된다. 또한 시 ③에서는 투병 과정에서 겪을 수밖에 없는 부정과 자학, 저주, 번민과 절망의 되풀이가 제시돼 있다. 사실 그렇지 아니하겠는가? 죽음을 앞둔 임종의 상황에서 겪을 수밖에 없는 고통과 절망, 온갖 번뇌와 망상이 얼마나 격심할 것이며 또 얼마나 두려움과 공포에 본인과 가족들을 떨게 만들 것인가. 죽음의 상황에 처하여 스스로의 삶에 대한 온갖 반성과 회한 속에서 시인은 새삼 '인간이란 무엇'이며, '어떻게 사는 것이 바람직한 영면의 길이며, 또 어떻게 종생의 순간을 맞이해야 할 것인가' 격심한 고통과 절망의 되풀이를 겪지 않을 수 없을 것이 자명한 이치이다. 죽음 앞에서 아직 살아 있음으로서의 생, 생명 의식을 절감하면서 새삼 절망감에 몸부림치게 됐다는 말이다.

4. 못, 별사(別詞) 이후

그렇다면 김종철의 '못의 묵시록'이 우리에게 남겨 준 깨달음은 무엇일까. 윤동주의 「서시」와 김종철의 「고백성사」를 비교해 살펴보면 그 요체가 선명하게 드러난다.

죽는 날까지 하늘을 우러러

한 점 부끄럼이 없기를

잎새에 이는 바람에도

나는 괴로워했다

별을 노래하는 마음으로

모든 죽어가는 것을 사랑해야지

그리고 나한테 주어진 길을 걸어가야겠다

오늘 밤에도 별이 바람에 스치운다

―윤동주 「서시」 전문

못을 뽑습니다

휘어진 못을 뽑는 것은

여간 어렵지 않습니다

못이 뽑혀져 나온 자리는

여간 흉하지 않습니다

오늘도 성당에서

아내와 함께 고백성사를 하였습니다

못 자국이 유난히 많은 남편의 가슴을

아내는 못 본 체하였습니다

나는 더욱 부끄러웠습니다

아직도 뽑아내지 않은 못 하나가

정말 어쩔 수 없이 숨겨둔 못 대가리 하나가

쏘옥 고개를 내밀었기 때문입니다

—김종철 「고백성사」 전문

이 두 편의 명편이 우리에게 일러주는 것은 과연 무엇일까? 한마디로 그것은 참된 인간의 길, 시인의 길이라고 말해 볼 수는 없겠는가?

그렇다! 그것은 바로 참 인간의 길, 참 시인에의 길이라고 불러 볼 수 있다. 바로 그것은 참 인간의 길이며, 부끄러움을 아는 일로서 속죄하는 일, 참회하는 길에 놓이며, 또한 그것은 바로 인간에게 신神의 영성靈性을 회복시켜 주는 근원적인 힘이 됨을 말해 준다.

그런가 하면 그것은 괴로움을 잊는 일, 이겨 내는 길로써 인간의 근원적 고리 또는 불안 의식을 이겨 나아가려는 정죄의식淨罪意識을 의미한다. 육체를 지니는 존재, 욕망의 존재로서 인간은 부끄러움과 괴로움을 통해서 죄의 길로부터 속죄의 길, 참회의 길로서 구원을 향해 한 걸음씩 나아갈 수 있는 것이기 때문이다.

아울러 윤동주의 별을 노래하는 마음은 김종철 시의 「고백성사」를 하는 마음과 연관된다. 끊임없는 진·선·미 지향성으로서 순결 지향성 또는 영원 지향성이라는 공통점을 지닌다는 뜻이다. 끊임없는 진실 지향성, 선함 지향성, 아름다움 지향성으로서 진·선·미 지향성은 바로 시인의 꿈이면서 동시에 종교인의 영원한 갈망에 해당하는 것이 분명하기 때문이다.

무엇보다도 그것은 자기고백과 참회, 명상과 속죄를 통해 운명에 대한 순응과 사랑, 더 큰 사랑으로서 구원과 운명애에 대한 대긍정에의 길로 나아가게 된다.

5. 맺음말

이상 간략하게 살펴본 것처럼 유작 시집 『절두산 부활의 집』은 못을 통해서 '죽음 길들이기,' '죽음과 친해지기,' 그리고 마침내 '죽음 넘어서기'에 이르는 절망 체험과 그 수용 및 극복 과정을 보여 준다. 또한 두려움과 공포, 끊임없이 엄습하는 고통과 절망 그리고 허무 체험 및 극복의 과정을 통해서 '못의 사제'로서 고통과 절망의 묵시록을 이루어 냈다. 이처럼 김종철 시인의 시와 생이 하나의 '못 시학'으로 전개되고 마무리돼 간다는 점에서 이번 시집의 의미는 분명해지며, 나아가서 그의 시사적 의미와 위치가 굳건해질 것임은 물론이다.

새삼 김종철 시인의 타계를 추모하면서 가없는 명복을 빌 따름이다. 그 누가 지음知音이라 했던가.

—출처: 김종철 유고 시집, 『절두산 부활의 집』(2014)

| 김종철 시인 연보 |

• 1947년 2월 18일(음력) 부산시 서구 초장동 3가 75번지에서, 김해 김씨 김재덕金載德과 경주 최씨 최이쁜崔入粉 사이 3남 1녀 중 막내로 출생.

• 1960년부산 대신중학교 입학.

• 1963년부산 배정고등학교에 문예 장학생으로 입학.

• 1968년 『한국일보』 신춘문예에 시 「재봉」 당선. 시인 박정만과 함께 박봉우, 황명, 강인섭, 이근배, 신세훈, 김원호, 이탄, 이가림, 권오운, 윤상규 등이 참여한 '신춘시' 동인에 참여. 김재홍과 교우 시작. 3월 미당 서정주가 김동리에게 적극 추천하여 문예 장학 특대생으로 서라벌예술대학 입학.

- 1970년 『서울신문』 신춘문예에 시 「바다 변주곡」 당선. 3월 입영 통지서를 받고 논산 훈련소로 입대함.

- 1971년베트남전에 자원해 참전. 백마부대 일원으로 깜라인 만과 냐짱에 배치받음.

- 1975년 1월 진주 강씨 강봉자姜奉子와 결혼. 첫 시집 『서울의 유서』(한림출판사) 상재. 첫딸 은경 태어남. 이탄, 박제천, 강우식, 이영걸, 김원호 등과 '손과 손가락' 동인 결성.

- 1977년 둘째 딸 시내 태어남.

- 1984년 두 번째 시집 『오이도』(문학세계사) 상재. 동인 '손과 손가락'을 '시정신詩精神'으로 개명함. 정진규, 이건청, 민용태, 홍신선, 김여정, 윤석산이 새로 참여함.

- 1989년 7월 김주영, 김원일, 이근배 등과 함께 국내 문인 최초로 백두산 기행. 12월 어머니 별세.

- 1990년 세 번째 시집 『오늘이 그날이다』(청하) 상재. 제6회 윤동주문학상 본상 수상.

- 1991년 11월 도서출판 문학수첩 창사.

- 1992년 네 번째 시집 『못에 관한 명상』(시와시학) 상재. 제4회 남명문학상 본상 수상.

- 1993년 제3회 편운문학상 본상 수상.

- 1997년부터 1998년까지 평택대학교 출강.

- 1999년 이탈리아 시에나 대학교의 문고 시리즈로 영문시집 *The Floating Island* (Edition Peperkorn) 출간.

- 2000년 중앙대학교 예술대학에서 제3회 자랑스러운 문창인상 수여.

- 2001년 다섯 번째 시집 『등신불 시편』(문학수첩) 상재. 제13회 정지용문학상 수상.

- 2002년부터 2004년까지 모교인 중앙대학교 문예창작과 겸임 교수 역임.

- 2003년 봄 종합 문예 계간지 『문학수첩』 창간. 김재홍, 장경렬, 김종회, 최혜실이 초대 편집위원을 맡고, 권성우, 박혜영, 방민호, 유성호가 2대, 김신정, 서영인, 유성호, 정혜경이 3대, 고봉준, 이경재, 조연정, 허병식이 4대 편집위원을 맡음. 2009년 겨울호(통권 28호)로 휴간함.

• 2004년부터 2006년까지 경희대학교 일반대학원에서 겸임 교수 역임.

• 2005년 형 김종해와 함께 형제 시인 시집 『어머니, 우리 어머니』(문학수첩) 상재. 7월 평양에서 열린 남북작가회의에 부의장 자격으로 참석.

• 2009년 여섯 번째 시집 『못의 귀향』(시와시학) 상재. 제12회 한국가톨릭문학상 수상. 시선집 『못과 삶과 꿈』(시월)을 활판 인쇄 특장본으로 상재함.

• 2011년 봄 시전문 계간지 『시인수첩』 창간호 발간. 『문학수첩』을 이어 통권 29호로 발간. 장경렬, 구모룡, 허혜정이 초대 편집위원, 김병호가 편집장을 맡음. 2대 편집위원은 구모룡, 김병호, 문혜원, 최현식이 맡음. 한국가톨릭문인회 회장으로 추대됨. 국제펜클럽 한국본부 이사로 선인됨.

• 2012년 한국작가회의 자문위원, 한국시인협회 심의위원장 역임.

• 2013년 일곱 번째 시집 『못의 사회학』(문학수첩) 상재. 한국가톨릭문인회 창립 이후 50년 만에 첫 무크지 『한국가톨릭문학』 발간. 7월 「한국대표 명시선 100」의 하나로 『못 박는 사람』(시인생각) 상재. 제8회 박두진문학상 수상.

- 2014년 한국시인협회 회장으로 추대됨. 한국저작권협회 이사 역임.
  제12회 영랑시문학상 수상.

- 2014년 7월 5일 암 투병 끝에 67세를 일기로 세상을 떠남.

- 2014년 10월 유고 시집 『절두산 부활의 집』(문학세계사) 상재.

- 2016년 7월 2주기를 기려 『김종철 시전집』(문학수첩) 상재.

김종철 시인의 작품 세계 01
못의 사제, 김종철 시인

초판 1쇄 인쇄 2020년 6월 22일
초판 1쇄 발행 2020년 7월 5일

지은이 | 김재홍
발행인 | 강봉자, 김은경

펴낸곳 | (주)문학수첩
주소 | 경기도 파주시 문발로 214-12(문발동 511-2) 출판문화단지
전화 | 031-955-4445(마케팅부), 4500(편집부)
팩스 | 031-955-4455
등록 | 1991년 11월 27일 제16-482호

홈페이지 | www.moonhak.co.kr
블로그 | blog.naver.com/moonhak91
이메일 | moonhak@moonhak.co.kr

ISBN 978-89-8392-826-9 03810

이 도서의 국립중앙도서관 출판예정도서목록(CIP)은 서지정보유통지원시스템 홈페이지(http://seoji.nl.go.kr)와 국가자료종합목록 구축시스템(http://kolis-net.nl.go.kr)에서 이용하실 수 있습니다. (CIP제어번호 : CIP2020024319)